大人になれない

まさきとしか

幻冬舎文庫

目次

挿画　早川世詩男

大人になれない

第一章　夏

もやしのひげ

どうやら僕はあの女に捨てられたらしい。確率は九〇パーセント。いや、九五は軽くいってる気がする。でも一〇〇パーセントではない。限りなく一〇〇に近い九五ってとこだろうか。

限りなく一〇〇に近い九五？　ってなんだよ、その数字。それを言うなら、九九・九九九九九九……だろう。あーもう自分の頭のなかがわからない。冷静なつもりでいても、パニックになっているのかもしれない。

一〇年間一緒に暮らしたけど、僕はあの女を信用してなかった。いま振り返ると、あの女ならいつ僕を捨ててもおかしくはなかった。それがいまになっただけだ。いや、でもまだ一〇〇パーセント決まったわけではない。

発端はサマーキャンプだ。

「ねえ、純ちゃん。友達と遊んだりしないわけ？」

散らかった六畳間に寝そべってスマホをいじっていたカレンがそう聞いてきたのは、夏休みに入ってすぐのことだった。

「しない」

僕も寝そべったまま答えた。体の下にはカレンが脱ぎ捨てたTシャツやバスタオルがあった。

「なんで遊ばないのよう」

「無駄」

「なにが無駄なのよう」

「くだらない。疲れる。一円にもならない」

「じじくさーい」

そこまではいつもの会話だった。ちがったのは、「いかんなあ、そんなことじゃ」とカレンが言いだしたことだ。

「ここは一発サマーキャンプにでも行って、子供らしい情緒的ななにかをどうにかしてきなさいよ」

あの女はばかだから言葉を知らない。おそらく、そのへんの小学五年生と同じように友達をつくって遊べということなんだろう。もちろん僕はソッコーで断った。泳いだり火を焚《た》いたり虫を探したり、一円にもならないことに興味はない。なによりせっかくの夏休みなのに、低レベルなやつらと一緒にいるなんて疲れるだけだ。

それなのにカレンは勝手に申しこんだ。一泊二日で一万二〇〇〇円。その金額に僕は仰天した。サマーキャンプにそんな大金出すのはもったいない、と反対し、それなら延滞してる光熱費を払ったほうがいいと助言し、それでも折れないカレンに、じゃあお小遣いとして僕にちょうだい、とお願いした。

だいたい、うちにそんな大金があること自体信じられなかった。カレンは日陰にまだ雪が残る春から、「早めの夏休み」と称した無職生活を送っていた。

「お金のことなら無問題！　あたし、仕事決まったんだー。だから純ちゃんがサマーキャンプに行ったら自転車買ってあげるよ」

この言葉が決め手となった。

二日間我慢すれば自転車が手に入る。そう自分に言い聞かせて、僕は二日間を耐えた。くだらないことでわーわーぎゃーぎゃー騒ぐ同学年のやつらに、こいつらまとめて死ねばいいのに、と何度も思いながら。

サマーキャンプから解放されてアパートに帰ったのは夕方近くだった。そこは僕の知ってる僕のうちじゃなくなっていた。冷蔵庫も洗濯機もテーブルもカラーボックスもカーテンもなくなっていた。押入れもからっぽだった。畳はほこりでざらつき、段ボールの切れ端や紙屑《かみくず》が落ちていた。

ぽかんとしたのは数秒だけですぐに、そうか、引越先が決まったんだ、と思いついた。アパートの立ち退《の》きが決まっていたのだ。一階と二階に四部屋ずつある木造アパートは、外階段が崩れたのをきっかけに取り壊すことになった。その時点で住人は僕たちを含めて三世帯しかいなかったけど、退去の期限が来ても一世帯だけ残っていた。僕たちだ。どうするんだろう、と僕は思いつづけた。でも、どうするの？　と聞かなかった。聞いたらいつものように、純ちゃんがなんとかしてえ、とか、純ちゃんにおまかせしようっと、とか言われる気がしたからだ。

だから荷物を運びだした部屋に、僕は満足だった。僕をびっくりさせようとしてサマーキャンプに行かせたんだな。そう思ったらにやけた。仕事も決まったらしいし、カレンもやっと心を入れかえたんだろう。そのとき、ドアの内側に貼ってあるメモに気づいたのだった。

あの女は僕を捨てるためにサマーキャンプに行かせたのだ、とそのメモで知った。いや、でもまだ決定的ではない。○・○○○数パーセントのそうではない可能性が残っている。

あの女が残した驚愕《きょうがく》のメモは右手にある。汗で紙がへたっていくのが感じられる。ほんとうはびりびりに破って捨てたいのに、このメモは僕を答えへと導くものだ。

純ちゃんへ
純ちゃん、ごめーん。これからは親戚の家で暮らしてくれる?
親戚がいるなんて知らなかったでしょ。しかもこんな近所に。
うふふ。びっくりした?
じゃん! 万知田歌子さんっていう人だよ♡
純ちゃんの荷物はあとから送るからね。
じゃー元気でねぇ。バイバーイ!

カレン

そして、へたくそな地図が記されている。

〈ココだよ♡〉と矢印がさしている家は、僕の大嫌いな防風林沿いにあった。

防風林を挟んだ南側には住宅が建ち並んでいるのに、その家が建つ北側は更地だ。でもいまのところなにかを建設する予定はないらしく、黄土色の土はひび割れ、あちこちに雑草が生えている。そんな見捨てられた場所に一軒だけ建っている家は、ぎらぎらの西日に晒《さら》され、蟬《せみ》の鳴き声を浴びている。ぼろ着をまとってじっと耐えている貧乏人といった印象だ。

えんじ色の三角形のトタン屋根。もとの色が白かベージュか灰色かわからない煮つめた色の外壁にはひびが走り、青い網戸は何か所も破れている。家の横には、サビの浮いた灯油タンク。風除室《ふうじょしつ》のなかは、雪かきスコップ、蠅《はえ》たたき、ほうきとちりとり、と季節感ごちゃまぜ。いくら札幌の北郊だからって八月に雪かきは必要ないだろう。

〈万知田〉と書かれた表札は、有効期限がとっくに切れたように黒ずんでいる。

ドアを前に、僕は唾《つば》を飲みこんだ。右手のメモの存在を確かめ、左手の人差し指でインターホンを押した。もう一度押した。何回押しても応答がない。っていうか、このインターホンちゃんと鳴ってる？

ドアノブに手をかけたらあっさり開いた。強い陽射しのなかにいたせいで、目が慣れるまで少しかかった。ひんやりした空気と、体操マットに似たすえたにおい。

「すいませーん」

張りあげたつもりの声は上ずっていた。

テレビの音が漏《も》れているから誰かいるんだろう。「すいませーん」と繰り返しているうちに猛烈に帰りたくなった。でも、帰るわけにはいかない。そもそも帰る場所がない。

やっと正面のドアが開いた。出てきたのは女の人だ。え、人？　ほんとに人？

うす暗さにまだ目が慣れていないのかと、僕は何度もまばたきをした。もしかしたら着ぐるみかもと思ったのだ。でも、やっぱりそれは第一印象どおり女の人だった。ひとことで言うなら……いや、ひとことじゃとても言いきれないけど、まずデブ。デブとしてのバランスが完璧な、見本のようなデブ。でも、それよりも僕が圧倒されたのはその恰好だ。デブのくせにぴたぴたの黒いTシャツを着て、しかも胸にはSEXなんとかと書いてあるし、つぶれた大福みたいな腹がはみだしている。下は銀色のファスナーがたくさんついた黒いミニスカートで、大根どころじゃない迫力の足が剝《む》きだしだ。

「なに？」

女の人は低い声で言った。

デブとか大根とか、僕の心の声が聞こえたのだろうか、不機嫌そうだ。

頭のてっぺんでとぐろみたいに巻いた髪には真っ赤なハートがついていて、大きな耳たぶには銀色のピアスがいくつもくっついている。なんだか恥ずかしいものを見ている気になって僕は視線を落とした。

「あの」

「なにさ」

「僕、森見《もりみ》純矢《じゅんや》っていいますけど、カレンがここに行けって」

僕は勇気を出して顔を上げた。

「あの、もしかして万知田歌子《まちだうたこ》さんですか？」

無言のうなずきが返ってきた。

「あの、これどういうことですか？」

僕は汗で湿ったメモを差しだした。

メモに目をとおす女の人はぴくりとも表情を変えず、やがて平然と言った。

「書いてあるとおりじゃないの」

「え？」

「これからここで暮らすんじゃないの」

そのとき、家の奥からもうひとり出てきた。魔女、と思った。白いぼさぼさ頭と、真夏なのに長袖の真っ黒なロングワンピース。少し腰の曲がった小さなおばあさんはいきなり僕を指さした。

「なんなのさ、これ」

これ、って僕のこと？　呆然《ぼうぜん》としている僕を無視してふたりは好き勝手にしゃべりはじめる。

「親戚の子だって」

「親戚？」

「森見純矢だって」

「あっそ」

「これからここで暮らすみたいだよ」

「ふん。どうでもいいけど、うるさくしたら出てってもらうからね」

そう言い捨てると、魔女は家の奥に戻っていった。

立ちすくむ僕に、今度は女の人が「これやるよ」と手紙を差しだした。四つに折りたたんだ跡がある便箋《びんせん》に〈万知田歌子様へ〉とカレンの丸文字で書いてある。

このたびわけあって、ひとりで引っ越しすることになりました。
歌子さんがいてくれてほんとうによかったです。
一生のお願いです。
純矢のことをよろしくお願いします。
学校にはちゃんと連絡しておいたし、あとで純矢の荷物は送るので無問題！（笑）
私のことは探さないでくださいね。
大丈夫です。死んだりしないから（笑）。

それから、純矢に牛乳いっぱい飲ませてあげてください。大きくなるように（笑）。

森見カレン

わずかな可能性が叩きつぶされたのを感じ、「なにこれ」と僕はつぶやいていた。

「ポストに入ってた」

「どういうことですか？」

「聞きたいのはこっちだよ。てか、カレンって誰さ」

「母親ですけど」

「あいつ勝子《かつこ》だろ」

「そうですけど」

「なんでカレンなのさ」

「勝子はださいからって」

「カレンもそうとうださくね？」

いまそういう話をしている場合じゃないだろう。僕はあの女に捨てられた。一〇〇パーセント決定だ。

「で、入るの？　入らないの？」

玄関に突っ立ったままの僕に、追い打ちをかけるようにデブ女が聞く。返事ができずにいると、「あーめんどくせえ」とつぶやきながら家の奥へと消えてしまった。

この人たちほんとに親戚？　母親に捨てられた小学生に、「なんなのさ、これ」とか「めんどくせえ」とかあり得ないだろう。

僕は猛スピードで今後のことをシミュレーションした。全財産はリュックサックのなかの七四八円。これだけで何日暮らせるだろう。住むところがあれば一週間くらいはいけるかもしれない。でも、あのアパートはもうすぐ取り壊しになるし、お金がなくなったらどうすればいいのだろう。僕には目標がある。目標を達成するためには、ただ暮らせばいいってもんじゃない。いい成績を取って、いい学校に行かなくちゃならない。大学には奨学金をもらって行くとしても、それまでの生活費はどうすればいいのだろう。この家の人たちが出してくれる可能性と、カレンが改心して戻ってくる可能性はどちらが高いだろう。どちらも絶望的に低い気がする。

背後でドアが開いた。

白いTシャツとベージュのコットンパンツの小太りの男だ。ぱんぱんに膨らんだエコバッグをさげている。僕を見て「あれ？」と笑った顔はやさしげで、こめかみから汗が流れていた。

「キミ、どうしたの？」

「なんか僕、親戚みたいで」

「こんなところにいないで上がったら」

おじさんは笑みを広げた。

「あ、でも」

「キミ、名前はなんていうの？」

「森見純矢です」

「何年生？」

「五年生です」

「学校は楽しい？」

「楽しくはありません」

「好きな教科は？」

「好きな教科はないけど、得意なのはぜんぶです」

そう答えると、おじさんは愉快げに笑った。

ほっとした。この人なら学費や生活費を出してくれそうだ。お小遣いだってくれるかもしれない。たぶんデブ女の夫だろう。こんなにやさしそうな人がどうしてあんな女と結婚したのか理解できない。

　おじさんに促されて僕は家に上がった。ドアを通ると、台所が一緒になった居間だった。四人用の食卓があり、その向こうにテレビとソファがある。居間の奥には和室があるらしく、ふすまが閉まっている。

　デブ女はソファにどっかと座ってスマホをいじっていた。僕とおじさんにちらっと視線を投げると、なにも見えなかったかのようにスマホに目を戻した。

「親戚の子が来てますよ」

　おじさんはなぜか敬語だ。

「知ってる」

　デブ女は顔も上げずに答える。めくれあがったミニスカートからパンツが見えそうで、悪い意味でどきどきする。

「純矢くん、ここに座りなよ」

　おじさんに言われたとおり僕は食卓についた。

　家のなかは外から見たよりも広くて、台所の横の大きな窓からぬるい風が入りこんでくる。網戸の破れたところから蚊や蝿も一緒に入りこんでくるんだろう。デブ女がいるソファはくすんだうぐいす色で、全体的にへたっている。古い家なのに汚く感じないのは、ものが少なく、片づいているせいだろう。

うちはちがった。畳の上にはいろんなものが散乱し、いったいなにが落ちているのかわからないほどだった。片づけても片づけても、カレンがいる限り無駄だった。だから僕は命令されたとき以外、掃除するのをやめた。

テレビは高校野球を映している。カーン、と気持ちのいい音がした。普段ボールを追いまわす同級生を見ると、こいつら生きてる価値ない、と思うけど、高校野球は別だ。活躍すればいい会社に就職できて、いい給料をもらえると聞いたことがある。それに、プロになったら何億円も稼げる。でも、チームプレーが嫌いな僕の選択肢に野球はない。

おじさんはエコバッグの中身を冷蔵庫に入れている。デブ女は僕を無視したままだ。魔女はどこにいるんだろうと思ったとたん、和室のふすまが開いた。

「今日からここに住むんだってさ、それ。その子のことだよ」

魔女は僕を指さし、おじさんに言った。

「へえ、そうなんだ」

食材をしまい終えたおじさんは歓迎の雰囲気を漂わせ、にこにこと僕を見つめた。

「あの、ほんとに僕、ここに住むんでしょうか」

「え、知らないけど。どうなんですか、歌子さん」

デブ女は無言で立ちあがり、どすどすと足音を響かせて近づいてきた。僕の前を通りすぎ、冷蔵庫を開けると、「飲む？」と面倒そうに振り返った。紙パックの飲むヨーグルトを持っている。

「はいっ、飲みます」

やった、一〇〇円くらいの儲けだろうか。

デブ女はコップを僕の前に置いた。僕は一気に飲み干した。それなのに、おかわりは？と聞いてくれない。なんだよ、二杯飲んだら二〇〇円の儲けだったのに。

「親戚の子なんだってさ。また歌子が勝手に連れてきたんだよ。今日からここに住まわせてやるんだとさ」

そう説明したのは魔女だ。

事実とちがうけど、訂正する気力もなく、「僕、どうすればいいんですか？」とおじさんに聞いた。

「どうすればいいんですかね、歌子さん」

おじさんはいちいちデブ女にお伺いを立てる。こういうの、恐妻家っていうんだっけ。

ソファに戻ったデブ女は、スマホに目を落としたまま「さあ」と興味なさそうに返した。

「だって親戚なんですよね？」

僕は念を押した。親戚だからもっと親切にしてくれてもいいんじゃないか、という気持ちを込めて。

「でも、あんたとは血つながってるわけじゃないしね」

「でも、おばさんでしょ？」

そう言うと、デブ女は弾《はじ》かれたように顔を上げた。

「おばさんとか呼ばないでよ。あたしまだ三八なんだけど」

立派なおばさんじゃん、と思いながらも「はい」と答えるしかなかった。

「あたしだっておばあちゃんじゃないからねっ」

魔女が声を張った。

僕はおじさんを見た。

「おじさん……」

すがるような目になっているのが自分でもわかった。

「おじさんじゃないよ」

おじさんはにこやかなまま、きっぱりと告げた。

「え？」

「僕、亀山《かめやま》太助《たすけ》、四一歳。キミのおじさんじゃないけど仲間だよ。よろしくね」

おじさんは僕に片手を差しだした。仕方なくその手を握り、「仲間?」と上目づかいで聞いた。四一歳と小学五年生が仲間ってなんの?

「居候《いそうろう》仲間だよ」

「居候?」

あーもうなにがなんだかわからない。

テレビから、ウゥ〜とサイレンの音がした。試合終了を知らせるその音が、僕の人生の終わりを告げる音に聞こえた。

二学期がはじまり、僕はボロ家から学校に通いはじめた。

そして、不本意ながらあの女の評価を見直すこととなった。カレンは行方をくらます前、担任に連絡をして、仕事でしばらく札幌を離れること(パリに行くと言ったらしい!)、そのあいだ息子は親戚の家で暮らすことを伝えていた。僕の教科書やランドセル、衣類、布団なんかは、置き去りにされた次の日に宅配便で届いた。

カレンらしくない手抜かりのなさだった。たぶんずっと前から計画していたんだろう。そして計画どおりに行動したんだろう。僕はカレンを見くびっていたのだ。

学校の帰り、数日前まで暮らしていたアパートに寄った。

アパートは解体作業の真っ最中だった。重機がばりばりと音をたてながら容赦なく壊している。壊れたところから現れる木の板は薄っぺらで、こんなおもちゃみたいなところで暮らしていたのかと驚いた。六畳ふた間の部屋だった。壁際にはカラーボックスがずらりと並び、そこに化粧品やアクセサリー、さまざまな試供品、お菓子のおまけ、ぬいぐるみや飾り物、籐《とう》のかごや小物入れなどがごちゃごちゃと置かれ、食器も収められていた。全体的にピンク色のものが多かった。

解体されるアパートを見つめながら、僕は頭のなかで数日前までそこにあったぬいぐるみを捨てた。使わないくせに取ってあるプラスチックスプーンを、リボンのついたヘアバンドを、安っぽい指輪を、星の形のキャンドルを、花が挿してあるのを見たことがない花瓶を、思いつくまま捨てていった。部屋いっぱいにあふれた安っぽいものをカレンが持っていったとは思いたくなかった。僕の価値はそれ以下だと認めたくなかった。

柱が、床が、窓枠が、簡単に折られ、剝がされ、つぶされるのを眺めていたら、くらり、と頭のなかがまわった。

鼻の奥が痛いと思ったら、僕は泣いていた。ぬぐってもぬぐっても涙が流れるから放っておくと、胸がひくひくしてしゃっくりみたいな音が止まらなくなった。泣くのはひさしぶりだった。最後に泣いたのがいつなのか思い出せないのに、それでも体が泣き方をちゃんと覚えているのが不思議だ。

「なに泣いてんだよ」

すぐ横で声がした。

いつのまにか男が立っている。黒いサングラスをかけたスキンヘッド。鯉《こい》の絵がついた赤い変なシャツを着て、金色の重そうなネックレスをしている。ぱっと見ただけで、生きてる価値のない人間だとわかった。だいたいこんな昼間にぶらぶらしてるんだから、ちゃんとした大人のわけがない。

「なあ、なんで泣いてんだよって」

鯉シャツは、せわしなく煙草を吸いながら聞いてくる。子供の前で平気で煙草を吸う大人は、未来を担う子供たちのためにいますぐ死ねばいい。

「男のくせにみっともねえなあ。んで？　なんでめそめそしちゃってるわけ？　おにいさんが聞いてやるよ」

大人であれば、変なシャツを着てても生きてる価値がなくても、子供より上だと信じているところがほんと愚かだ。それでも僕のセンサーが、こいつはやばいやつだと察知したから、

「ここに住んでたんです」

と、これ以上絡まれないために答えた。

「このアパートにか？」

「はい」

「おまえ、もしかして森見か？　おまえの母ちゃん、森見カレンか？」

「え？」

「おい、おまえいまどこにいんだよ。おまえの母ちゃん、どこ逃げやがったんだよ」

鯉シャツは煙草を地面に叩きつけ、てかてかした黒い靴でしつこく踏みつぶした。そのすきに僕は駆けだした。

「あ、こら、待てよ」

背後で声がしたけど、もちろん待つわけない。

友達をつくらない僕が、学校で無視されることはあってもいじめられることがないのは、勉強ができることはもちろん、運動もできるからだ。足が速いということは、お金にすると六年間の給食費以上の価値があると思う。だからといって、僕が給食費を払っていないのは足が速いからじゃない。学校のいろんなお金を滞納してたら、担任がカレンを呼んで給食費や教材費がタダになる手続きをするようにすすめたのだ。カレンは怒っていた。そんなやり方があるならもっと早く言えばいいのに、損しちゃった、と。珍しく僕とカレンの意見が一致した出来事だった。

ボロ家に帰ると、太助が居間の床を雑巾がけしていた。クラウチングスタートの恰好で「よいせ、よいせ」と気合を入れながら、ずんぐりした体を懸命に動かしている。

「純矢くん、おかえり」

尻を突きあげたままにっこりと笑いかけてくる。

「あ、どうも」

泣き顔に気づかれないようそっぽを向いた。

居間とつながった和室のふすまは開いていて、安楽椅子に座ってテレビを観ている政江《まさえ》さんが見えた。政江は、魔女の名前だ。魔女もデブ女も「おばあさん」「おばさん」と呼ばれることを拒否したから、太助に倣《なら》って「政江さん」「歌子さん」と呼ぶことにした。といっても、いままでどちらも口にしたことはない。太助のことは「太助」と呼び捨てにする。彼が「僕のことは太助って呼んでいいよ」と言ったからで、でもやっぱり一度も口にしたことがない。

僕は二階に行った。

二階には部屋がふたつと、廊下の奥に納戸がある。ふすまの和室が太助と僕の寝る部屋で、鍵のついたドアのほうが歌子さんの部屋。もし居候の太助がいなければ、生まれてはじめて自分だけの部屋を手に入れられたのに。

でも、いい。この家にいれば、家賃も光熱費もかからない。あの女と暮らしていたアパートは家賃三万円で光熱費一万円だった。合計四万円をふたりで割ると二万円。僕はリュックサックから貯金ノートを出して〈家賃と光熱費　20，000円〉と書き加えた。すごい。これで僕の架空貯金は四三万三二〇〇円になった。しかも、ここにいる限り毎月二万円ずつ儲かるのだ。

「すごい。ぼろ儲けじゃん」

大きな声で言って畳に大の字になったら、「あーあ」とため息が出た。

ぶち壊されたアパートが立ち昇る。あの男はカレンのなんなのだろう。彼氏？　それともお金を貸してるとか？　アパートの前にいたということは、カレンに用があって訪ねてきたということだ。うちを訪ねてくるのはろくでもないやつばかりだ、とカレンが言っていた。家賃の取り立て、なにかのセールスや集金。だからいつも居留守を使った。

カレンはあの男から逃げるためにいなくなったんじゃないか？　思いついたら、そうとしか考えられなくなった。鯉シャツは何者だろう。カレンになにをしたんだろう。

カレンがいなくなったのは、もしかしたら僕の身を守るためかもしれない。無理やりそう続けてみたけど、一〇年もあの女と暮らしてきた僕にとって納得できる仮説ではなかった。

「純矢くーん、おやつ食べる？」

階下から太助の声が聞こえた。

「食べますっ」

条件反射で答えて、急いで階段を下りた。

居間は甘くて油っぽいにおいがした。太助と政江さんが、食卓でスティック状のものをかりかりと音をたてて食べている。もしかしてパンの耳？　という僕の見立ては当たった。

「これがプレーン、お砂糖をふったやつだよ。で、これがきな粉で、こっちがココア。三種類の味を楽しめるよ」

皿を指さしながら太助が得意げに説明する。

「これってパンの耳ですよね」

「うん、そうだよ」と返事も得意げだ。

「パンの耳ってすっごく安いですよね。ひと袋六〇円とか」

「よく知ってるね」

ええ、まあ、よく食べさせられたんで。声にしないで答えた。ただ、皿の上にあるのは、僕が知ってるパンの耳とはちがった。

「こうやって油でカラッと揚げて、砂糖とかきな粉をふりかけるとラスクみたいでおいしいんだよね」

ラスクがなにか知らないけど、どことなく高級な響きだ。

「ラスクって、いくらぐらいするんですか？」

「うーん。店によってまちまちだけど、ひと袋五〇〇円くらいじゃないかなあ」

俄然《がぜん》、食べる気になった。ほんとだ、プレーン、きな粉、ココア、どれもおいしい。これを五〇〇円のラスクとして考えると、半分食べたら二五〇円も儲けたことになる。

「政江さん、そんなに食べたら晩ごはん食べられなくなりますよ」

年寄りのくせに政江さんは立てつづけにラスクを食べている。僕も負けずにスピードを上げた。

「今日の晩ごはんはなにさ」

「ええと、野菜の豚肉巻きにしようと思ってるんですけど」

「それだけかい」

「あとは、もやしときゅうりの和《あ》え物と、みそ汁はじゃがいもです」

政江さんは、かりかりと嚙《か》み砕く音のあいだで「ふーん」と満足そうに答えた。

この家の晩ごはんには、いまのところ必ずといっていいほどもやしが出る。でも、一か月連続晩ごはんが食パンだけだったのを経験している僕にとってはどうってことはない。今晩のメニューだと五〇〇円ってとこだろうか。

「ところで純矢くん、困ってることとか悩んでることはない？　なんでも僕に相談していいからね」

すでに一〇回以上は聞いてる科白《せりふ》だ。

「ないです」

「勉強でわからないところがあったら教えてあげるし、宿題だって一緒にやってあげるからね。遠慮しなくていいからね」

その言葉に甘えて、僕は疑問に思っていることを遠慮なく口にした。

「なんで居候なんですか？」

「うん、ちょっと事情があってね」

太助は困ったような笑みを浮かべた。

「四一歳なのに、家も仕事もないってことですよね？」

「う、うん、まあ。いまはね」

「どうしてですか？」

「ど、どうしてって」

「家も仕事もなくて、じゃあ、なんのために生きてるんですか？」

「なんのためって……なんのために生きてるって……」

　太助はうわごとのような声を出し、

「純矢くん、それどういうこと？」

　動揺を隠そうともせず聞き返してきた。

「あんたが生きてる価値のある人間かどうか聞いてんじゃないの？」

　ばっさりと言ったのは政江さんだ。どうでもよさそうな顔でラスクをかりかりしてるけど、その鋭さに僕は驚いた。

「そ、そうなの？　純矢くん」

「だって、いつもうちにいるし」

「や、いまだけだよ。たまたまだよ」

「大人なのに居候って珍しいですよね」

「だからそれはいろいろあって」

「結婚もしてないんですよね」

「そ、そうだけど」

「どうしたらそんなふうになるのかなあ、って」

　太助はエクトプラズムを吐きだすような顔で固まっている。

　はじめて会ったとき、この人なら頼りになると思った自分を丸めて捨てたい。学費や生活費やお小遣いをくれるだって？　できるわけないだろう、家も仕事もないんだから。だめ人間のくせに、やたら上から目線なのも気に入らない。

僕を養ってくれるのは、たぶんデブ女の歌子さん。だから、いくら感じが悪いおばさんでも機嫌を損ねることはしちゃいけない。そう思ってたけど、いまのところそんな心配はいらなかった。あの人はいつもいない。仕事が忙しいのだろうか。ってことは、いっぱい稼いでいるのかもしれない。

「ありがとう」

いきなりの元気な声に顔を向けた。いつもの太助に戻っている。にこにこしながら、「いまのは応援メッセージとして受け取っておくよ」と、親指をぐっと立ててウインクした。

生きてる価値なさすぎる。心のなかでつぶやいたらため息が出た。

その夜、目が覚めた瞬間、やばい、とはっきり自覚した。

天井には豆電球のあかり。すぐ隣から太助の寝息が聞こえ、外からは虫の鳴き声。かすかな音が聞きとれるほど静かだ。たぶん夜の深い時間、二時とか三時だろう。

もう一度眠ろうと目をつぶった。けど無理だ。どうしようもなくおしっこがしたい。

夜トイレに行きたくならないように気をつけていたのに、寝る前に牛乳をコップ二杯飲んでしまったせいだろう。

人の気も知らずにすうすう眠る太助を起こしたかったけど、そんなことしたらばかなやつにばかにされることになる。なんのために生きてるんですか？　自分の言葉を思い出し、ちょっと後悔しながらふすまを開けた。

廊下は真っ暗だ。まずは顔だけ出して、暗闇に怖いものがひそんでいないか目をこらした。この家がちがう場所に建っていたらこんなに怖くなかったと思う。なにしろ家の前にはあの防風林があるのだ。

廊下の電気をつけたらかなりほっとした。階段がたてるきぃきぃと恨みがましい音が気になり、耳に指を突っこんで玄関横のトイレまで行った。

無事に済ませてさっさと二階に戻ろうとしたとき、がたっ、と居間から聞こえ、ひゃっと体が縮んだ。がたがたっ、とまた音がした。まさか防風林の花子《はなこ》さん？　いや、幽霊ならこんなリアルな音はたてないだろう。じゃあ政江さん？　それとも泥棒？

玄関を見ると、鍵がかかっていない。この家の人たちは普段鍵をかけないけど、寝るときだけはかけるのに。

思い出した、僕だ。二階に上がる前に、壁にクモがいたから外に逃がしたんだった。僕が玄関の鍵を開けて、そしてかけ忘れたんだ。

泥棒だったらどうしよう。和室で寝ている政江さんは大丈夫かな。もし、なにかあったら僕のせいになってしまう。警察に記録が残って、人生がめちゃめちゃになってしまうかもしれない。

僕は目についた傘を武器に、音をたてないように居間のドアを開けた。

そのとたん体が固まった。

灰色の影が冷蔵庫をあさっている。暗い橙《だいだい》色のあかりのなか、汚らしい音をたてながら両手でなにか貪《むさぼ》り食っている。人間なのか化け物なのかわからない。ものすごく凶暴な雰囲気。見つかった瞬間、襲いかかってきそうだ。

だめだ。見つからないうちに二階に行って太助を起こそう。

後ずさりしたら床がぎしりと鳴った。

灰色の影の動きが止まった。ゆっくりと振り返り、僕を捉える。開いたくちびるからどろりと血が流れ、首筋を濡らしている。

体のなかを冷たい水が流れ落ちた。逃げようと思うのに視線さえ動かせない。

ひっ、と喉が鳴った。

「ひぃ、ぃやあああああああああああっっっっ」

ものすごい悲鳴に鼓膜がびりびり震えた。それが自分の声だと気づいたのは、背後から口をふさがれたときだった。

「どどどどうしたのっ」

太助だ。

僕は太助の腕にしがみつき、灰色の影を指さした。

いつのまにか居間にあかりがともり、それは影ではなく人間の姿になっていた。くちびるから垂れているのは赤い血ではなく白い液体で、床には飲むヨーグルトの紙パックやかじりかけのトマト、プラスチックトレー、包装紙なんかが落ちていた。

冷蔵庫の前で尻もちをついているのは、おじさんとおじいさんのあいだくらいの男だ。白いワイシャツと灰色のズボン、髪は半分ほどが白い。魂が抜けたような顔で僕たちを見あげている。

「どうしたんですか、江口《えぐち》さん」

太助が男に声をかけたとき、和室のふすまが勢いよく開いた。

「なんだよ、うるさいねっ」

パジャマ姿の政江さんが怒鳴る。

「あ、なんでもないです。大丈夫です」

太助はそう言い、あはははは、と乾いた声で笑った。

「うるさくしたら出てってもらうよっ」

ぴしゃり、とふすまが閉まる。

「なにやってるんですか?」

太助はひそめた声で聞き、あ、と床を指さした。

「飲むヨーグルト、ぜんぶ飲んじゃったんですか? 歌子さんに怒られますよ。あ、ハムも? ちくわも? お腹すいたんなら、意地張らないで僕たちと一緒にごはん食べればいいじゃないですか。なにもこんな夜中にこそこそしなくても」

「うるさいっ」

男が怒鳴ると、

「うるさいっ」

それ以上の声がふすまの向こうから飛んできた。

男はむっつりと立ちあがった。意地になったように、「うるさい」と今度は小声で吐きだすと、汚れたくちびるをへの字にして居間を出ていった。

「だ、誰、あの人」

「江口さん」

太助はため息まじりに答えた。

「江口さん？」

「居候だよ」

「居候って、僕、あんな人見たことない。いままでどこにいたの？」

「納戸に閉じこもってたんだよ。ほら、二階のつきあたりの」

「あの人、何歳？」

「六七だって」

「六七歳の引きこもりの居候ってこと？」

「まあ、そうだね」

太助は散乱した容器や紙パックを拾うと、雑巾で床を拭きはじめた。

僕は食卓の椅子に座って、よいせ、よいせ、と言いながら床を拭く太助を見ていた。引きこもりジジイがいる二階にひとりで行くのは嫌だったし、さっきあんな叫び声をあげたことが恥ずかしくて、ちょっとなら手伝ってもいいような気になっていた。でも、一度手伝ったらぜんぶ押しつけられることはカレンから学習済みだから、ただ見ているだけにした。

ふと、歌子さんが現れなかったことを不思議に思って聞いてみた。

「歌子さんはまだ帰ってないよ」

「あの人、夜の仕事してるの？」

「そうだよ。だから帰るのは明け方じゃないかな」

「あんなんでも夜の仕事ってできるんだ」

ひとりごとのつもりだったけど、太助は律儀に答える。

「歌子さん、人気あるよ」

絶対に嘘だね。

太助はバケツのなかで雑巾を絞ると、また床を拭きだした。

「ジジイにやらせればいいのに」

「なにが?」

「あの引きこもりジジイ。自分で片づければいいのに」

「だめだよ、そんな言い方しちゃ」

尻を突きだしたまま太助が僕を見あげる。

「あのね、純矢くん、言霊《ことだま》って知ってる? 言葉には不思議な力があるんだよ。いいことを言うといいことが起きて、悪いことを言うと悪いことが起きるんだよ。悪口を言ったり汚い言葉を使ったりするとね、自分の心も穢《けが》れていくんだよ。それと同じようにサイコサイバネティクスっていう理論があるんだけど……」すごい、ぜんぜん耳に引っかからない。丸めた紙屑が転がっていくみたいだ。「……目標を持てば、逆境だってチャンスになるし、必ず成功する。いつもプラス思考でいないとね。いいかい？　大切なのは、幸せな自分の姿をイメージすること。そうすれば自然と幸せに」

唐突に言葉を切ると、太助ははっと僕を見つめ直した。

「純矢くん、なんでも僕に相談していいからね」

だからそれゲロが出そうなくらい何度も聞いたって。だいたい、四一歳の家なし無職男になにを相談しろというのだろう。

「つらいかもしれないけど、くじけちゃだめだよ。人間、あきらめたらそこで終わりだからね」

派手なため息をついてやったのに、太助は気づかない。

「お母さんにも事情があったんだよ」

「はっ？」

思わず太助を凝視してしまった。

「子供が嫌いな親なんかいないんだからさ」

まっすぐに僕を見る目はいつもより輝いて、眉がきゅっと寄って真剣な表情だ。世の中のすべてを知っていると思いこんでいる大人がえらそうに語るときの顔。

気がついたら僕は立ちあがっていた。

「あのさ、ニュースとか観てる？」

えっ、と太助がしゃっくりみたいな音を出す。

「子供を殺してる親、いっぱいいるんだけど」

「ち、ちがうよ、純矢くん。それはほんの一部の人だけで、それにきっと心が疲れてて、」

「虐待だっていっぱいしてるんだけど」

「だ、だからそれは、」

「殺すのも殴るのも捨てるのも親の事情ってわけ？」

「い、いや、そうじゃなくて、僕はいま純矢くんの話をしてるわけであって、」

「家も仕事もないくせにえらそうなこと言わないでよ。もし本気でそう思ってるなら太助がいい親に恵まれただけじゃないの。いいね、おめでたくて」

僕は居間を飛びだした。その勢いのまま玄関を出て、風除室も出ようとした。とたんに後悔した。

風除室越しの真っ黒な防風林。聞こえるのは虫の声だけ。ルルルルルル、とカンタン。リリリ、リリリリはコオロギ。か弱い虫の鳴き声が静けさを余計に際立たせている。

防風林の花子さん、と思い出さないようにしていた単語がぽこっと浮かんでしまった。一瞬のうちにうなじから背中にかけて鳥肌が立つ。

防風林の花子さんを知らないやつは学校にいない。木々のあいだを遊歩道が通り、ところどころにベンチもあるのに、ここで遊ぶ小学生がほとんどいないのは、防風林で首を吊った女の人の幽霊が出るからだ。花子さんは本気で怖い。見ただけで殺されてしまうのだ。

でも、太助がいる場所に自分からのこのこ戻る気にはなれない。僕は目をぎゅっと閉じて、その場に立っていた。

子供が嫌いな親はいない？　教科書に載ってそうな科白を、なんの疑いもなく口にするなんて、頭からっぽってことだ。だから四一歳なのに家も仕事もないんだ。

「純矢くんっ」

背後からの声に、僕は振り返ってやらなかった。

「よかった、そこにいたんだね。ごめんね、悪かったよ。僕、純矢くんの気持ちも考えないで、無神経なこと言っちゃったよね」

「僕、かわいそうな子になる気ないから」

背を向けたまま僕は言った。

「え？」

「たしかに僕は母親に捨てられたけど、かわいそうな子じゃないから。それ、覚えといて」

ただでさえ僕は、貧乏だったり母子家庭だったりあんな女が母親だったりハンディが多いのに、かわいそうな子になるとさらにハンディが増えてしまう気がした。

「わかった。わかったから家に入ろう」

無言で僕は従った。ふと、さっきはじめて「太助」と口にしたことに気がついた。


次の日、僕が起きたのは一〇時近くだった。それでもまだ眠たかった。

引きこもりジジイと太助のせいで寝たのが明け方ということもあるけど、夜の防風林を間近で見てしまったせいもある。うとうとすると、頭のなかにおどろおどろしい真っ暗闇が広がって、いまにも花子さんが、見ーたーなー、とにやりと笑いかけてくる気がしてはっとする。その繰り返しだった。

部屋には僕ひとりだ。窓から気持ちのいい風が入りこんでくる。このままごろごろしていたいけど、そうもいかない。喉が渇いたしお腹もすいた。おしっこもしたい。

階段を下りてトイレを済ませたら、引きこもりジジイの江口さんが居間から出てきた。くちびるの端をむっつりと下げ、眉のあいだに深いしわを刻んで、ものすごく不機嫌そうだ。風呂に入ったらしく石けんのにおいがするけど、清潔なにおいがまったく似合ってない。

夜中、自分がどんなにみっともないことをしたのか、どんなに迷惑をかけたのか、自覚ってものがないんだろうか。謝ろうとするどころか、まるで僕の姿が目に入らないような態度だ。

こんなジジイ見る価値もない。僕も無視することにした。

すれちがいざま、ちっ、と舌打ちが聞こえた。

「ったく、いまの子供は」

引きこもりジジイが小声で吐き捨てた。

「ったく、いまのジジイは」

僕も吐き捨ててやった。そのまま振り返らずに居間のドアを開けて、

「生きてる価値ない」

大きな声で言ってから、引きこもりジジイを締めだすように勢いよくドアを閉めた。

「ありがとうございますっ」

いきなり太助の声が耳に飛びこんできた。

食卓の横に直立不動で、はいっ、はいっ、とスマホに答えている。

「はいっ、よろしくお願いいたします。はいっ、失礼いたしますっ」

二度深々とお辞儀をして通話を終えた太助は、僕を見て弾けるような笑顔になった。

「純矢くん。僕、面接に受かった」

「面接って?」

「面接っていうのはね、仕事をはじめるときにその会社の人に会って、」

「面接の意味は知ってるよ。なんの面接？」

「だから仕事だよ。僕、仕事が決まったんだ」

「ふうん。アルバイト？」

「ちがうよ、社員。正社員だよ」

太助は胸をそらせ、鼻の穴を膨らませた。

「大企業？」

「大企業っていうかベンチャーかな」

「ベンチャーって？」

太助はうっと言葉に詰まった。

「純矢くんにはちょっとむずかしかったかな。ほら、あれだよ、将来有望っていうか、時代の先端をいってるっていうか」

「給料もいいの？」

「もちろんだよ」

太助は自信を取り戻し、あっはっはっはっ、と気持ちよさそうに笑った。そのとたん、

「太助、うるさいよっ」とふすまの向こうから政江さんの怒鳴り声がした。

＊

アメリカンドリームという言葉を知ったとき、自分のための言葉だと思った。

亀山太助、中学生のときだ。

ごくふつうの人間がふとしたきっかけでチャンスをつかみ、サクセスし、ビッグになる。それが太助のイメージしたアメリカンドリームだった。ビッグに至るまでの具体的なプロセスはなにひとつ思いつかなかったが、アメリカンドリームこそが自分の進むべき道だと確信した。

実際、アメリカにはアメリカンドリームを実現した人間がたくさんいるのだ。運転手つきの黒くて長い車に乗り、城のような家に住み、長距離の移動には自家用ジェットを使う。それはおとぎ話ではなく、実話だ。そう考えると、アイドルやマンガやゲーム、女子のおっぱいやブラジャーのラインに夢中の同級生たちが世界のことをなにひとつ知らないちっぽけな存在に見えた。ただ残念だったのは、太助自身も彼らが夢中になっているものに夢中で、とくに女子のおっぱいには抗《あらが》う術《すべ》もなかった。

鳥取で暮らしていた。父と母と三つ上の兄の四人家族だった。

アメリカンドリームを知ってから、家族のことがつまらない人種に思えて仕方なかった。このままこの人たちと暮らしていると、自分まで井の中の蛙《かわず》で終わってしまう気がした。

母は看護師をしていた。父は家事をしていた。兄は非行に走った。父の無職と兄の高校中退というふたつの事項により、亀山家は平均よりも二ランクほど下に位置していると思えた。

父は仕事が続かない人だった。祖父から引き継いだ写真館を早々につぶしたのちは、職を転々とした。短くて一日、長くても一年。一方、母は同じ病院でずっとフルタイムで働いていた。亀山家の家事を担っていた祖母が亡くなり、無職だった父は仕方なく食事の仕度や洗い物をするようになったが、いつのまにかいまでいうところの専業主夫を嬉々としてやるようになった。太助が中学生のころは、もう働く気はなくなっていたようだった。

家にいるより外で働くほうが好きな母は、その状況を歓迎した。

「ちーちゃんが掃除してくれるから、気持ちよく暮らせるわ」「ちーちゃん、窓拭いてくれたでしょ。ぴかぴかだもの、ありがとう」。四〇代にして看護師長になった母は人心掌握術に長《た》けていて、父に対しては褒めて伸ばすことに徹していた。とくに職業がら食事の大切さを知ってのことだろう、料理についてはさまざまな言葉を駆使し絶賛した。

「私のいちばんの楽しみはちーちゃんのごはんを食べること」「私、外食したいと思ったことない。ちーちゃんのつくるごはんがおいしすぎるから」「今日もちーちゃんのごはんが食べられて幸せだなあ」

母の手のひらでいいように転がされているのにも気づかず、父は心底からにこにこと笑った。満足感と幸福感がきらきらこぼれる笑顔は幼児のようで、たかが料理を褒められたくらいで大げさに喜ぶその器の小ささに太助はうんざりした。

「これ、ひとり分いくらかかってると思う？」

父が得意げな笑顔で訊ねる。

「うーん、四〇〇円くらい？」

放っておけばいいのに、母はいちいち答える。

「ブー。一一五円」

「ほんとに？　こんなにおかずがあるのに？　ハンバーグもこんなに大きいのに？」

「おからが入ってるんだ。だから体にもいいよ」

「ちーちゃん、天才。私にはとてもできないわあ」

食卓で交わされるそんな会話に、うんざりを通り越していらいらした。しかし、太助をさらに苛立たせたのが、毎食ごとの撮影だった。父はごついカメラで食卓に並べられた料理を撮った。まるで一生に一度の晩餐《ばんさん》かのように、おからハンバーグを、もやしの卵とじを、さんまの塩焼きを、アングルを変えながら何枚も撮り、そのレンズをふいに太助に向けるのだった。「やめてよっ」太助は手をかざし、顔をそむけた。笑顔でピースサインをしたのは小学生のころまでだ。兄はバイクで走りまわったりゲームセンターに入り浸るのに忙しく、三人での夕食が多かった。太助は兄のように、父に面と向かって「ひも」とか「くそジジイ」と言いはしなかったが、心情は同じだった。しかし、兄が暴言を吐くのはきまって母がいないときだったから、しょせん兄もアメリカンドリームとはほど遠い器の小さな人間なのだった。

なんてつまらない人たちなんだろう。太助は自分の家族をそう評した。向上心のかけらもなく、平凡な現状に満足して毎日をのほほんと暮らしている。おからハンバーグみたいな人たちだ。世の中には、何億もの金を動かし、島や油田を所有し、欲しいものがあれば店ごと買う人がいることを知らないのだろうか。それとも、そういう世界とは無縁だと、とうにあきらめているのだろうか。

僕は絶対そっち側に行く。太助は強く思った。サクセスしてビッグになる。アメリカンドリームを叶えるのだ。

「これ、いくらかかってるの?」

純矢にそう聞かれ、太助は実家で暮らしていたころを思い出した。

食卓には、おからハンバーグ、大根といかげそのバターしょうゆ炒め、もやしのナムル、大根の葉のみそ汁がのっている。

——これ、ひとり分いくらかかってると思う？

父のにこやかな顔が浮かんだ。

「そうだなあ、一五〇円から一七〇円ってところかなあ」

「意外と安いんだね」

純矢は小学生らしい旺盛さでハンバーグをほおばっている。

「でもさ、外で食べたらもっと高いよね」

「外？」

「だから、これがファミレスのメニューだとしたらいくら？」

「七〇〇円くらいかなあ」

満足そうにうなずく純矢の隣には政江、そして太助の隣には無言で箸を動かす江口がいる。

昨晩から、夜の食卓に江口も加わるようになった。

冷蔵庫をあさっているところを目撃されて以来、江口はなにかを吹っきり、開き直った。

もっと簡単に言うと、えらそうになった。

いまもそうだ。眉間にしわを寄せ、まずいものを渋々口に運んでいるといった表情。おいしいとかありがとうといった言葉もなく、まるで食ってやっているという態度だ。

江口が紙袋ひとつ持ってこの家にやってきたのは、純矢が母親に置き去りにされた二日前のことだった。仕事帰りの歌子に連れられてきたのだ。太助が挨拶をしても、名前や年齢を聞いてもひとことも返ってこず、彼が江口修《おさむ》で六七歳だということは歌子から聞いた。

最初から感じが悪いと思っていた。しかし、他人を悪く思うのは心に負のエネルギーを溜めこむことになるから自己コントロールに努めた。負のエネルギーが溜まると、物事が悪いほうへ悪いほうへと流れてしまう。

「ちょっと、お茶。おかわりちょうだい」

政江が言う。

「はいはい。ちょっと待ってください」

太助は冷蔵庫から麦茶を出して政江のコップに注いだ。七六歳の政江は旺盛な食欲で、すでに半分以上平らげている。

純矢はごはんのおかわりをよそっている。茶碗に山盛りにし、しゃもじで形を整えてから食卓につくと、「大盛りライスって二〇〇円くらい?」と聞いてきた。

「そうだね。定食屋だとおかわりは無料ってところもあるけどね」

太助が答えると、「無料かあ」となぜかがっかりしたようにつぶやき、「でもいいや。ファミレス方式でいこう」と言った。

どういう意味か聞こうとしたとき、隣の江口が立ちあがった。食べ終わった食器を台所に運ぶと、太助たちを見ることなく無言で居間を出ていった。

「生きてる価値なくない？」

純矢が言う。

「なんのこと？」

太助はとぼけた。

「あの引きこもりジジイ」

「だめだよ、そんなふうに言っちゃ」

「はいはい、言霊ってやつですか」

純矢はばかにした声音だ。

「きっとつらいことがあったんだよ。温かく見守ってあげようよ」

太助がそう言ったのは江口をかばうためではなく、自分自身をなだめるためだ。

江口の態度はたしかにひどい。ひどすぎる。昨晩だってそうだった。江口は食べ終わった食器を台所に運ぶことさえしなかった。「なんで食べたものさげないの？　食べる資格ないよ」と純矢に言われ、舌打ちをしたのち、さげることだけはしたのだ。そうだ、今朝だって。

太助が居間に下りると、食卓にパン屑が散らばり、麦茶を飲んだらしいコップが置きっぱなしになっていた。純矢か政江だと思って片づけたが、江口だったのかもしれない。

こみあげかけた怒りを抑えこみ、たかがこんなことで感情が乱されるようでは社会的成功はできないぞ、と自分に言い聞かせた。怒りや不満は負のエネルギーだ。自己実現の妨げになる。江口を見ればわかることじゃないか。あの人は負のエネルギーでできているから、六七にもなって居候をするしかないのだ。

太助の頬に笑みが昇った。どうでもいいことだ、もうじきこの家を出ていくのだから。ついに仕事が決まったのだ。正社員に絞ったせいで、仕事が決まるまで七か月もかかった。この家に来てからは半年になる。太助が歌子の世話になったのは今回がはじめてではない。以前にも、三か月ほど居候したことがあった。

食事を終えた純矢はテレビの前のソファに移動し、政江は奥の和室でテレビを観ている。とり残された太助は四人分の食器を洗い、明日なにが食べたいか純矢に聞こうとしてやめた。「焼肉」と答えるに決まっている。「ほかには?」と聞くと、「寿司」となる。

ふと、さっきの純矢の言葉を思い出し、あっと声が出そうになった。

これ、いくらかかってるの? 夕食の食材費を純矢は訊ねたのだった。小学五年生の子供なのに、自分がどれほどの金銭的負担をかけているのか気にしているのだ。それに比べて僕はなにやってるんだ。この家に住まわせてもらい、生活費を出してもらっておきながら、いくら負担してもらっているのか計算しようとしたことがなかった。家事をして、政江さんの面倒までみているのだからそれでとんとんじゃないか、と甘えた考えがなかったといえば嘘になる。

太助はいままで気づかなかったことを後悔するのではなく、気づけてよかったと前向きに捉えることにした。ささいなことで気持ちは変わる。気持ちが変われば行動が変わり、おのずから運もついてくる。つまりポジティブの連鎖だ。

この家の居候になる前、太助はなけなしの金を自己啓発セミナーにつぎこんだ。そこで多くのことを学んだ。人生は何度でも新しいスタートが切れることを、言葉が持つ力を、なりたい自分をイメージすることの大切さを、あきらめなければ夢は叶うことを。いや、そんなことよりも命を救ってもらった、地獄から引きあげてもらった、そう思っている。

自己啓発セミナーは、しばらく忘れていたアメリカンドリームを呼び起こした。しかし四一になった太助は、それをアメリカンドリームと呼ぶことをやめた。もっと地に足がついた達成すべき目標、つまり自己実現だ。

地元の高校を卒業した太助は、念願の東京の大学へと進んだ。

あっというまに三年が過ぎ、就職活動の時期になったが、興味のある業界も職種もなかった。ただ漠然と、自分はどんな会社に入っても成功するだろうという気がしていた。太助はそれまで挫折や苦労を味わったことがなかった。勉強しなくとも平均以上の学校に進めたし、適当なレポートでも単位はもらえた。女の子にはもてなかったが、なんとか童貞から卒業することもできた。

縁がある企業に決まるだろうと、総合商社、テレビ局、出版社、広告代理店、銀行、メーカー、証券会社などに応募したものの、なかなか面接まで進めなかった。変だな、いったいどうしたんだ、でもまあそのうちなんとかなるだろう。そう思っているうちにまわりは次々と内定を獲得し、気がつくと卒業間近になっていた。

最終的に太助が採用されたのは、北関東で四店舗をチェーン展開するスーパーマーケットだった。東京から北関東へ引っ越すときはだまされている気分だった。そんな気分のまま三日間だけの研修を受け、すぐにレジに立たされた。

ここは僕のステージじゃない、と太助は最初から思っていた。自社ブランドもないしょぼいスーパーマーケットは、アメリカに、そして世界にあまりにも遠かった。レジを打つことも、バックヤードで魚をパッキングすることも、クレーマーに頭を下げることも、ビッグへのプロセスに必要なこととは思えなかった。当然仕事に身が入らず、同期入社の高卒社員に大きく出遅れた。

入社三年目に退職した。

その後は派遣とアルバイトを繰り返し、三〇を過ぎても職が定まらなかったのは大手企業を狙っていたからで、渋々ランクを下げてみても書類選考で落とされつづけた。鳥取の実家に帰ることも頭をよぎったが、それは人生をあきらめることを意味していた。それに実家にはずっと嘘をついていた。就職先はスーパーマーケットではなく製薬会社で、いまもMRとして勤めている、というのが嘘の主軸だが、そのほかにも細かい嘘をつきすぎてわけがわからなくなっていた。だから、実家には卒業後に一度しか帰っていなかった。

会社の規模や勤務地、職種などに頓着せず片っ端から応募した結果、札幌のスーパーマーケットチェーンに採用された。太助、三五歳のときだった。

知らない土地で再スタートを切った太助の頭に、ひとつの明確なビジョンが浮かんだ。それは、スーパーマーケットの一社員として採用された青年こと亀山太助は、画期的なアイデアで売上を飛躍的に伸ばし店舗を全国展開、その後海外にまで出店。カリスマスーパーバイザーとして注目されたのち、社長に就任。世界に影響を与える日本人のひとりとしてマスコミに取りあげられる、といったものだった。

それは、派遣とアルバイトを繰り返していた時期に観たドキュメンタリー番組とかぶっていた。豚の餌のためにリヤカーを引いて残飯集めをしていた少年が、数十年後、世界じゅうに知られる実業家となったのだった。

太助はやっと気づいた。アメリカンドリームを叶えるために必要なのは、ステージが与えられることでもチャンスに恵まれることでもなく、勤勉と努力の継続なのだと。

自分ではがんばったつもりだった。夢に向かって目の前の仕事に全力で取り組んだつもりだった。それなのにどうしてだろう、なにもかもがうまくいかないのだった。がんばればがんばるほどミスをし、叱られ、指示されたことを忘れ、どうすればいいのかわからなくなった。アルバイトの高校生がいともたやすくこなしていることが、太助にはできなかった。そのうち「使えない」と表立って言われるようになり、職場に行けなくなった。

太助はふりだしに戻った。

歌子に会ったのは、スーパーマーケットを辞め、玄関マットやおしぼりを扱うリース会社の契約社員として働きはじめたときだった。営業で訪れたすすきのの天然温泉付きホテルのマッサージルームに歌子はいた。ボディケアマッサージ師だった。

太助は追いつめられていた。入社して三か月がたつのに、まだ新規の契約をひとつも取れていなかった。給料は歩合制のためほとんど出なかったし、それよりも上司や同僚にこれ以上「使えない」「役立たず」と言われることに耐えられなかった。

ここと契約できれば一発逆転になる。ホテル全体がだめでも、せめてマッサージルームと契約させてもらえないだろうか。

「お願いしますっ」

太助は首がもげそうな勢いで頭を下げた。ほんとうは土下座をしたいくらいだったが、さすがに引かれるだろうと思いとどまった。

「無理」

女はそっけなかった。複雑に編みこんだ真っ黒な髪を頭のてっぺんでひとつにまとめ、厚い耳たぶには左に三つ、右にふたつのピアスをつけ、素顔に赤い口紅だけを塗っている。むちむちに太っているせいか、つるりと艶めいた肌は水まんじゅうを連想させた。

「そこをなんとかお願いしますっ」

太助はさらに頭を下げたが、女から返答はない。

「このままだと家賃が払えないんです」

なぜそんなことを口走ったのだろう。自分に驚いて頭を上げると、一重の黒目がちな目が太助の瞳の奥をまっすぐ捉えていた。やがて女は太助を見据えたまま、にやり、と笑った。舌なめずりをするような笑みに、ぞくぞくっとなった。

「家賃が払えなくなったらうちに来なよ」

女はそう言い、二か月後、太助は女の言葉に従った。

それが最初に居候になったときのいきさつだった。


太助が、この家の主である歌子と顔を合わせるのは一日に一時間もない。歌子が居間に下りてくるのは出勤前だけで、通しのシフトがあるのか、それとも職場に仮眠室でもあるのか、帰ってこない日も多かった。

「政江さん、大丈夫ですかね」

太助は、出勤前の歌子に小声で聞いた。和室のふすまは閉まっている。テレビの音が漏れていないから、政江はおそらく昼寝中だろう。

今日の歌子は髪をふたつに三つ編みにし、赤と黒のチェックのワンピースを着ている。どういう仕組みになっているのか、スカート部分がバレリーナの衣装のように広がっている。

「僕、もうすぐこの家を出ていくから心配で。誰が政江さんの面倒をみるのかなって」

仕事が決まったことはすでに歌子には伝えてあった。

「いつだっけ？」

「あ、ええと、仕事は来月からです」

歌子は片手を顔の横でゆらゆら振った。バイバイしている。しかも無表情で。

太助はショックを受けた。おまえなんか必要ない、と言われた気分だった。料理や掃除をしているのに。政江さんの面倒をみているのに。しかし、どれも頼まれたわけではなく、自らしているだけのことだった。居候している居心地の悪さと生活費を出してもらっている申し訳なさを軽くしたくての行為だったが、それでも自分がいなければこの家はまわらないと、そう思いこんでいた。

「でも、入社するのにちょっとハードルがあって」

なんとか気を取り直し、太助は続けた。ほんとうに伝えたいのは政江のことではないのだ。

「それが僕にはけっこう高いハードルで」

言葉を切り、ヤモリを連想させる黒目がちな目を見つめた。しかし、その瞳の奥はまるでぶ厚いシャッターが下りているようで、どんな感情も見つけられない。

「ふうん」

瞳と同様に興味なさそうな声。いつまで待っても、どんなハードル？　と聞いてはくれない。「それが高いハードルで」ともごもご繰り返してみたが、それでも続きを促してはくれなかった。

落胆したとき、居間のドアが開いた。

あ、と無防備な声を発した江口がドアノブをつかんだまま硬直している。

そのままドアを閉めた。

「どうしたんですか？」

太助が聞くと、江口は目を泳がせながら、くちびるをあわあわさせ、居間に入ることなくそのままドアを閉めた。

あんなにうろたえた江口を見るのははじめてだった。

「江口さん、どうしたんですかね」

歌子に聞いたが、「さあねえ」と意地悪そうににやつくだけだ。

江口が再び現れたのは、歌子が出勤して一時間以上たってからだった。居間に入ると冷蔵庫に直行し、舌打ちをした。

「麦茶がないじゃないか」

ひとりごとのようでもあり、文句をつけているようでもあった。

最後の一杯は、ついさっき学校から帰ってきた純矢が飲んだ。食卓で宿題をしている純矢は、江口など見えないかのように鉛筆を動かしている。

江口はもう一度舌打ちすると、水道の水をコップに注いで一気に飲んだ。そのコップを台所に置くと、ソファに座ってテレビをつけた。ローカル放送の情報番組に、「くだらんっ」と吐き捨ててNHKに切りかえる。無職の居候のくせにワイシャツにループタイをし、ズボンにはベルトを通している。

「江口さんは、歌子さんとどこで知り合ったんですか？」

返事はなかったが、聞こえなかったのではなく答えたくないのだと、頑《かたく》なな横顔が語っていた。

「僕は仕事で知り合ったんですけど、江口さんは？」

「ふんっ、女みたいに」

テレビを向いたまま江口が吐き捨てる。

「はい？」

「男のくせに女みたいにちまちましてみっともないと言ったんだ」

江口は歪《ゆが》んだ嘲笑を太助に向けた。

太助は、もやしのひげ根を取っている。取るのと取らないのとでは食感がまったくちがい、このわずかな手間が料理の仕上がりを大きく左右するのだ。

いまと同じ場面を太助は半年前、この家で再び居候をはじめる直前に経験していた。ただし、「みっともない」と言い放ったのは太助のほうだった。

「みっともなくないですよ」

とっさに出た声は思いがけずとがっていた。視界のすみに、食卓の純矢が顔を上げたのが見えた。

「人のためにに料理をつくることのどこがみっともないんですか。つくってもらってるくせに感謝しないで文句ばっかり言ってるほうがよっぽどみっともないですよ」

怒っちゃいけない、と頭の一部分が警告している。怒りは負のエネルギーだ。せっかくのいい流れを台無しにしてしまう。

「ほかに能がないのがみっともないと言ってるんだ」

「なにも知らないくせによくそんなことが言えますね。じゃあ、江口さんはなにができるっていうんですか」

「俺か？」

江口はもったいをつけるように間を取ると、あごを上げて言い放った。

「俺はなんでもできる」

「はあっ？」と、すっとんきょうな声をあげたのは純矢だ。

「生きてる価値ないくせに」

その口調はつぶやきだったが、声量は十分にあった。

「なんだと」

顔をこわばらせた江口の背後でふすまが開いた。

「ちょっとー、ごはんまだかい」

緊張感を萎《な》えさせる政江のひと声。

「はいはい。いま仕度するのでもう少し待ってくださいね」

自分のなかに負のエネルギーが充満しなかったことにほっとして、太助はもやしのひげ根を取るスピードを上げた。政江に助けられたと感じたのははじめてのことだった。


半年前、この家で二回目の居候をはじめたのはカニのせいだった。

リース会社をクビになった太助が次に見つけた仕事は、「カニカニパラダイス」という海産物通販会社のテレホンアポインターだった。アルバイトからのスタートだったが、時給が高いことと正社員への登用制度があること、さらに実力とやる気しだいでバイヤーへキャリアアップできることに惹かれた。

会社は古い雑居ビルにあった。テレホンアポインターの職場は事務所の隣の部屋で、八畳ほどのスペースにデスクと電話が並べられていた。常時一〇人前後が在席し、中年の女性が多かった。朝九時から夜八時までのシフト制だったが、太助はやる気を見せるためぶっ通しで勤務した。仕事内容は、与えられた電話番号リストに片っ端から電話をし、マニュアルどおりにカニをすすめるという単純なものだったが、決して簡単ではなかった。だからこそ、購入してくれた客には心底から、ありがとうございます！　の声が出た。電話に出るのは高齢者がほとんどで、購入してくれるのは女性が多かった。「孫に食べさせてやるんだ」「息子のところに送ってあげよう」「お父さんの誕生日に」などという嬉しそうな声は、何年も帰っていない実家のことを思い出させた。

なにか変だと気づくまで半月もかからなかった。

購入した客から電話がかかってくるようになったのだ。「身がぜんぜん入っていない」「変なにおいがする」そんな内容ばかりだった。クレームは社員にまわすことになっていたからその後の対応はわからなかったが、「この会社ちょっとおかしいよね」とバイト同士で言いあうようになり、辞めていく人もいた。

ある日、クレームの電話がぴたっとやんだ。テレホンアポインターの電話が発信専用になり、受信専用の電話が設けられたのだ。しかし担当者はいなく、呼出音が鳴るとすぐに「ただいま電話がたいへん混みあっています」と音声ガイダンスが流れた。

「あんたも早く辞めたほうがいいよ。これ、詐欺だよ。勧誘するってことはあんたも共犯ってことだよ」

その日で辞めるというおばさんに言われた。それでも辞める決心がつかなかったのは、もう仕事が見つからないのではないかという恐れからだった。太助は四〇になっていた。資格も特技もなく、キャリアとスキルもいまだ身につけていなかった。

太助は電話をかけつづけた。頭のなかで黒いものが渦を巻き、物事をちゃんと考えられなくなった。断られると、くそっ、と心のなかでつぶやくようになり、いつのまにか「買えよ、ババア」「ふざけるなっ」「死ねっ」と、通話が切れたとたん口にしている自分がいた。

ある朝、職場に行くとドアが開かなかった。隣の事務所も同じだった。出勤するのはバイトばかりで社員は現れず、会社に電話をすると、現在使われていないという音声が流れた。そのとき太助の考えが及んだのは未払いのバイト料のことだけで、頭のなかで渦巻くくろぐろとした感情が出口を求めて激しさを増していることには気づかなかった。

太助は、鳥取の実家に帰った。大学を卒業してから二度目だった。

まとまった金を借りるつもりだったが、もし、どうしてもと乞われたら、そのまま実家で暮らしてもいいような気になっていた。

一〇代で非行に走った兄はその後、造園会社を起《た》ちあげ、結婚。三人の子供をつくり、実家を二世帯住宅に建てかえていた。だから、なおさら帰りづらかった。落ちこぼれだった兄が成功し、東京の大学を卒業した自分が無職なのだ。

父も母も兄も義姉《あね》も、はじめて見る甥も姪も、太助を歓迎してくれた。母は七〇近くになってもなお知り合いの病院で働き、父も相変わらず嬉々として家事をしていた。

金の無心は、誰もいないタイミングを見計らって母にした。五〇万円貸してほしいと告げた太助に、母は用途を訊ねることなく銀行の封筒を手渡してくれた。礼を言うと、「つらかったらいつでも帰っておいで」と返ってきた。鼻の奥がつんと痛み、目がうるんだ。

「つらいわけないよ。札幌支社は働きやすいし、札幌は住みやすいし、楽しくやってるよ。ただちょっと株で損しちゃって」

なにか言わないと泣いてしまいそうで、太助は慌てて言葉をつないだ。母はしばらく黙っていたが、やがて決心したように太助を見つめ直した。

「太助、母さんのこと甘く見ないでちょうだいね。何十年医療の現場にいると思ってるの。あんたが製薬会社に勤めてないことは、はじめから知ってるんだからね」

視界が暗くなり、足もとが崩れ落ちる感覚がした。母がなにか言っていたがよく聞きとれず、「みっともないっ」という単語だけが耳に飛びこんできた。ふらつきながら食堂に行くと、父が台所でもやしのひげ根を取っていた。太助に気づき、「このひと手間で味がぐんとちがってくるんだ」と得意そうに笑った。

「みっともない」

気がついたらそう言っていた。転げでた言葉が、はずしてはいけない蓋《ふた》をはずした。

「男のくせに仕事もしないでみっともないよ。恥ずかしいよ。ひもみたいじゃないか。僕は父さんみたいな人間には絶対にならない。父さんみたいな生き方はしないから」

そのとき父がどんな顔をしたかは記憶にない。ただ、「そうか」と小さな声が返ってきたのを覚えている。

太助はその日のうちに実家をあとにした。

列車の黒い窓に映る自分の顔を眺めながら、僕はだんだんだめになっている、と心のなかでつぶやいた。一生このまま。なら、まだましだ。もっとだめになる。想像できないほどだめになる。とてつもなく怖くて、とてもひとりではその恐怖と対峙《たいじ》できなかった。

道連れ、とふと浮かんだ。底なしの暗闇に落ちていくなら、ひとりよりふたりのほうがいい。ふたりより三人、三人より四人、多ければ多いほど恐怖が薄れる気がした。

札幌に帰った太助は、アパートの解約手続きをした。わずかに残った家財道具は、包丁一本だけを残して処分した。数年にわたるキャッシングの返済を済ませて部屋に戻ると、ちょうど宅配便が来たところだった。送り主は父だった。段ボールに入っていたのは三冊のアルバムで、金でも金目のものでも、ましてや食料でもなかったことに太助は落胆を通り越して怒りを覚えた。どこまで役立たずなんだ、ごみだ、かすだ、使えない人間だ、と父を罵倒しながらアルバムを開くと、そこには食卓の風景があふれていた。鶏の唐揚げ、オムレツ、手巻き寿司、野菜炒め、サバのみそ煮、湯豆腐……さまざまな料理とともに太助がいる。幼児、小学生、中学生そして高校生と、どの太助も笑っている。中学生になってからはカメラを向けられて笑ったことなどないはずなのに、皮膚の内から滲《にじ》みでるような自然な笑みで、少し照れたようでもあったし、嬉しさを抑えきれないようでもあった。

太助は泣いた。声をあげて泣いた。アルバムに落ちる涙の音がくっきり聞こえた。

同じ日、ポストのなかに自己啓発セミナーのチラシが入っていた。

〈あなたの人生を変えるのは、あなた。やり直す必要はない。すべてを肯定し、受け入れることからはじめよう。考え方ひとつで「なりたい自分」になれる、夢を叶える画期的なプログラム！〉

太助は運命的なものを感じた。ホテルの一室で行うセミナーは、ランチとディナー付きで一五万円。太助の全財産は一七万円だった。

——太助がいい親に恵まれただけじゃないの。

純矢の言ったとおりだ。

自分はいい親に恵まれた。そのことにまったく気づかず、文句ばかり言っていた。つまり江口と同類だ。みっともないのは父ではなく自分のほうだったのだ、といまならわかる。

しかし、わかったからといってすべてが解決するわけではない。

面接は受かった。ただ、実際に入社するまでひとつだけハードルがある。それさえクリアできれば自己実現への再スタートが切れるのに。

実家にはもう頼れない。今度、実家に連絡するのは、きちんと就職して社会的成功者になってからだ。借りた五〇万円を一〇〇万円にして返すのだ。

スマホが鳴り、太助は表示されている会社名を確認した。軽く咳払《せきばら》いをし、息を整えてから通話ボタンを押した。

「はいっ、亀山太助です」

精いっぱいはきはきと感じのよい声を出した。

「パシフィックソーシングの人事担当の佐藤です。いま、お電話よろしいでしょうか」

流暢《りゅうちょう》な話し方は、先日、面接してくれたふたりのうちの眼鏡をかけたほうだ。

「はいっ。先日はありがとうございましたっ」

「こちらこそありがとうございました。弊社としましては、亀山さんとご一緒にお仕事させていただくことをとても楽しみに思っております」

「あ、ありがとうございます。私もそちらで、あの、御社で働かせていただくのを楽しみにしています」

「それでですね」

相手の声音が変わったのを察し、鈍くさいと思われないために先まわりした。

「登録料、ですよね」

「ええ、そうなんです。まだご入金の確認ができてなかったものですから」

「す、すいません。あの、ちょっとばたばたしてて。来週、そう、来週の月曜日に振りこもうと思ってたんです」

「いえいえ、気になさらないでください。弊社としてはご入金がないことで、亀山さんが入社を辞退されたのではないかと心配になったものですから」

「まさかそんな。入社を辞退だなんて、そんなことはありません」

「そうですか、ほっとしました。なにしろ今回の採用者のなかでご入金がまだなのは、亀山さんおひとりだけだったもので」

太助の手のひらに冷たい汗が滲んだ。

「必ずっ、必ず月曜日に一五万円振りこみますから」

直立不動で告げたのち四五度腰を曲げ、よろしくお願いしますっ、と続けた。このやる気と誠意が相手に伝わることを信じて。伝わった気がした。こちらこそよろしくお願いいたします、と返ってきた佐藤の声にはやわらかな笑みが混じっていた。

はーっ。通話を切った太助は深いため息をついた。高揚と緊張、そして焦燥。

「ばかか」

背後からの声に、びくっとなった。

いつのまにか居間の入口に江口が立っている。

「なにがばかなんですか」

江口は答えず、ソファに座ってテレビをつけた。

「なにがばかなんですか」

太助は繰り返した。

「子供以下だな」

その言葉で、こめかみでなにかが切れた。

「江口さんなんか僕以下じゃないですか、その歳で家もお金もないんだから」

「なんだと、一緒にするな」

「僕のほうこそ江口さんなんかと一緒にしてほしくないですね」

視界のすみに純矢が居間に入ってきたのが見えたが、もう止められない。

「江口さん、みっともないですよ。人として恥ずかしいですよ」

「忠告してやったのに、なんだその言い草は」

「なにが忠告ですか。仕事が決まった僕にやきもちやいてるだけじゃないですか」

「どこの世界に入社するのに金を要求する会社がある？　詐欺だよ、詐欺。そんなこともわからんのか」

「知ったかぶりですか」

「世間知らずのばかだな」

「居候のくせに」

「おまえと一緒にするな」

「僕にはまだ将来があるけど、江口さんなんか将来もないじゃないですか。現にいま、なんの役にも立ってないじゃないですか」

「なんだとっ。このできそこないがっ」

江口が立ちあがった。

「できそこないはそっちだっ」

ぱしん、と音をたてて和室のふすまが開いた。

「うるさいっ」

ひときわ大きな声を発したのは政江だった。

「引っこんでろっ、ババア」

そう怒鳴った直後、時間が止まったように感じた。耳奥できーんと金属音が鳴っている。

政江のぽかんとした顔を認めた瞬間、太助は我に返った。煮えたぎっていた血が一気に冷えた。

引っこんでろっ、ババア。自分が放ったらしき言葉が時間差で耳を流れた。「あ」と声が出て、一歩後ずさりした。体の向きを変えたら、純矢のまっすぐな目とぶつかった。

太助は階段を駆けあがり、部屋に入ってふすまを閉めた。

――詐欺だよ、詐欺。

嘲《あざけ》るような江口の声。

「ちがう」

スマホサイトに記載されていた株式会社パシフィックソーシングの企業情報はこういうものだった――IT関連のベンチャー企業で、業務内容はweb系システムのサポートとして大手企業に短期出向すること。二、三か月のサイクルで出向先が変わるが、待遇は正社員である。基本給は二五万円でインセンティブがつく。社員数は三〇名で、今回、事業拡大のため新たに二〇名を大募集。

そして、太助が面接の際に受けた説明はこうだ――スタッフ登録料として一五万円が必要だが、退職時に全額返還される。さらに、入社後すぐに自分専用のノートパソコンが支給され、退職の際に返却しなくてよい。

情報のみを拾えば、江口の言うように詐欺に思えるかもしれない。しかし、自己啓発セミナーだってそうだった。詐欺とか洗脳とか悪徳とか言う人もいるが、太助は救われたと心底から思っている。プラス思考を心がけ、ポジティブな言動を意識することで、人生の新しいスタートを切る準備ができたのだ。

だから今回だってそうなんじゃないのか？　同じ一五万円という金額がそれを裏づけているんじゃないのか？

疑うより信じたい。マイナスよりプラスの思考でいたい。太助は運命をつかさどる大きな力に試されている気がした。

ふすまが開く音に振り返ると、純矢だった。

「政江さんがうるさいんだけど」

いつもどおりのどこか冷めた表情。太助を気づかっているようすは感じられない。

「政江さんがどうしたの？」

「おなかすいた、太助はどうした、って。だから呼びに来たんだけど」

「純矢くん、ごめんね」

「なにが」

「江口さんと言いあいになっちゃって」

「別に関係ないし。っていうか、太助、一五万円もあるの？」

「ないよ」

「いくらあるの？」

「いくらもないよ」

「だってスマホ持ってるよね。お金はどうしてるの？」

「歌子さんから生活費の余りをもらったり、たまに日雇いのバイトしたり」

純矢のまなざしは、太助に刻まれた見えない目盛を読み取っているかのようだった。

「純矢くん、このあいだ僕に、なんのために生きてるの？　って聞いたよね。たぶん、いまの僕はなんのために生きてるのか堂々と言えるようになるために生きてるんだと思う」

眉をひそめた純矢にかまわず、太助は続けた。

「だからやれることはやりたいんだ」

「どういうこと？」

「会社に入りたいんだ。チャンスに賭けてみたいんだよ」

「じゃあ、その会社が詐欺かどうか確かめれば？」

「どうやって？」

「その会社の人に聞いてみればいいんだよ」

そんなこともわからないのか、と言いたげな表情だった。

「どうやって？」

と繰り返した自分を、目の前の小学生より頼りない存在に感じた。

「自転車買ってくれる？」

純矢の声が強くなった。

「え？」

「もし、ちゃんとした会社だったら給料出るよね。そしたら僕に自転車買ってくれる？　それなら協力してもいいよ」

太助に異論はなかった。


翌日、太助は学校帰りの純矢とバス停で待ちあわせた。

札幌の北側と隣接する石狩市に向かうバスは、一時間に二本しかなく、乗客も少なかった。

太助と純矢は、後方のふたりがけのシートに並んで座った。

パシフィックソーシングは札幌と石狩の境目にあり、ぎりぎり札幌市だ。五階建ての自社ビルで、車通勤する社員のための駐車場まで完備しているらしい。らしいというのは、会社説明会を兼ねた面接はホテルで行われたからで、ここにも自己啓発セミナーとの共通点があった。

「ホテルの会場を借りるくらいだからちゃんとした会社に決まってるよ。だってホテルだよ。高いんだよ。お金のある会社じゃないとそんなことしないよ」

会社説明会のことを思い出し、太助の胸に焦りがこみあげた。

「五〇人以上が集まったんだよ。会社説明会に出席したほとんどの人が面接を希望したんだよ。だからいい会社ってことだよね」

「太助って高校とか出てるの？」

「うん。大卒だからね」

「えっ、嘘でしょ」

「なにが？」

「大学出てるの？」

「うん。どうして？」

聞き返したとき車内アナウンスが流れ、「あ、次で降りるよ」と声をかけたが、純矢はなぜか呆然としている。

そのバス停で降りたのは、太助と純矢だけだった。

片側二車線の広い道路なのに走る車は少なく、高い建物がないため空が広い。林や空き地が残り、物流センターや倉庫が目立った。

「でも、ばれないかな」

不安に駆られ、太助はつぶやいた。

純矢が提案した方法は単純で、会社から出てきた社員を呼びとめ、「学校の自由研究で会社見学できるところを探してるんですけど、どんな会社ですか？」と質問するというものだ。そのあいだ太助はどこかに隠れている。

「ばれる理由がない」

純矢はそう答えたのち、「ねえ、大学出たのになんで無職なの？」と聞いてきた。

「仕事はしたけど、続かなかったんだ」

「なんで続かなかったの？」

「えーと、自分に向いてなかったっていうか」

「ちゃんと給料もらってたんでしょ？　それなのに続かなかったの？　じゃあどんな仕事なら続いたの？」

純矢の厳しい追及をかわすため、「純矢くんは？」と太助は聞き返した。

「純矢くんは将来どんな仕事をしたいの？　なんてまだわかんないよね、小学生だもんね」

「公務員」

純矢は即答した。

「え？」

「僕の目標は、公務員になって安定した生活を送ること」

迷いのない口調に圧倒され、へ、へえ、と相づちを打つことしかできなかった。

終業時刻の六時まであと三〇分以上もある。時間をつぶせそうな飲食店はないし、仮にあったとしても金銭的余裕がない。

しかし、それは悪い意味での杞憂《きゆう》に終わった。

探しても探しても会社が見つからないのだ。パシフィックソーシングの自社ビルが建っているはずの住所には高校があった。玄関に創立一〇周年を祝う横断幕が張られ、グラウンドでは野球部員が守備の練習をしている。

「ほんとに住所合ってる？」

「合ってる、んだけど」

太助の手には会社説明会でもらった二つ折りのリーフレットがある。記載されている住所にまちがいはなく、念のため周辺を見てまわるということもすでに数回実行済みだ。

「じゃあないんだよ、そんな会社」

純矢は切り捨てるように言った。

「そ、そんな」

「引きこもりジジイが言ったとおり詐欺だったんだよ」

「いや、でも」

「よかったじゃん、お金払わなくて」

太助はパシフィックソーシングの代表番号に電話をした。呼出音が続いたのちどこかに転送されたが、応答はない。続けて、人事担当の佐藤の携帯番号を呼びだす。ぽつり、とスマホをつかんだ指に雨粒があたった。留守番電話サービスに切りかわり、「あの、亀山です。亀山太助ですけど……」と口ごもりながら無意識のうちに視線で純矢にすがりついた。

「お金を振りこみたいんですけど」

太助を見つめ返しながら純矢が小声で告げる。

「お金を振りこみたいんですけど」

言われたとおりの科白をスマホに吹きこんだ。

「口座番号がわからないので」

「教えてください」

「いま銀行のATMにいます」

「急いでいます」

そして通話を切った。

すぐに着信音が鳴った。佐藤からだ。

「嘘つきって言っちゃえば？」

純矢が放るように言う。

それなのに太助は、「はいっ、亀山です」と感じのいい声を出していた。

「亀山さん、お電話いただいてすみません。口座番号ですよね。いま、お伝えしますね」

佐藤はにこやかな口調だ。

「あの、か、会社がないんですけど」

「はい？」

「あの、会社があるはずのところに高校があるんですけど」

いきなり通話が切れた。すぐにかけ直したが、電源が切られている。何度かけても同じだ。

太助を見あげていた純矢がふっと視線をはずし、歩きだした。太助はなにも考えられずにそのあとをついていく。足が地面を踏みしめている感覚がしない。

ぽつり、と鼻の頭に雨粒があたった。「いま何時？」と聞かれ、スマホに表示されている時刻を伝える。

「げ。あと二〇分以上もある」

いつのまにかバス停の前にいて、純矢が時刻表を指さしていた。

「しかも雨降ってきたし」

純矢は目を細めて空を仰いだ。

「純矢くん、僕、ほんとは気づいてたんだ。もしかしたら詐欺かもしれないって」

口にしたら、ほんとうに気づいていた心持ちになった。

スマホに送られてきた求人情報だった。〈自己実現を叶える企業！　社員大募集！　未経験者大歓迎。一緒に夢を叶えましょう！　詳しくはコチラ〉とあり、ＵＲＬが記載されていた。

「気づいてたけど、疑いたくなかったんだ。賭けてみたかったんだ。可能性っていうか、将来性っていうか」

そこまで言ったとき、太助は気づいた。

アメリカンドリーム――いつかサクセスし、ビッグになる。その「いつか」はとうに過ぎてしまったのだ。なにもつかめないまま素通りし、「いま」に流れ着いてしまったのだ。自分が待ち望んでいた「いつか」は、この先も現れることはないだろう、と。

「でも、一五万円も儲けたからいいんじゃない？」

そう言った純矢の髪がみるみるうちに濡れていく。

「儲けた？」

「一五万円払わずに済んだんだから、儲けたってことだよ」

どういう理屈かまるでわからなかった。わからなかったが、そういう考え方もあるのか、と実際は雨に濡れているのに、清冽《せいれつ》な水を浴びた気分になった。それはポジティブの連鎖に組みこむのにふさわしい発想に思えた。

「僕は自転車損したけどね」

純矢のつぶやきは太助の耳を素通りしていく。

雨が本降りになってきた。

「純矢くん、あそこで雨宿りしよう」

太助は、純矢の腕をつかんで走りだした。一五万円儲けたことになる法則を聞きたかった。街路樹の下で、バスを待ちながら。

＊

僕としたことが油断した。「おい、ボウズ」と声をかけられたときにはもう腕をつかまれていた。学校の帰り、防風林と垂直に走るバス通りを歩いているところだった。視界に防風林が入らないようにうつむいていたのが敗因だった。

鯉シャツは、胸もとに〈地獄上等〉とプリントされた般若《はんにゃ》柄のTシャツを着て、下はベージュのハーフパンツとビーサン。黒いサングラスと金色のネックレスはこのあいだと同じだ。

いざとなったら助けを呼べばいいと、僕は覚悟を決めた。

「カレンになにをしたんだよ」

自分のイメージよりか細い声になったのが残念だった。

「ああっ?」

「おまえのせいでカレンはいなくなったんだ」

「なんだとお?」

「カレンはおまえから逃げたんだよ」

そこまで言って気づいた。まわりに人がいない。

「放してよ」

と、急に気弱になった。

「おまえ、カレンと一緒じゃないのか?」

「ちがいます」

「じゃあ、あいつはどこにいんだよ」

「わかりません」

「おまえの母親だろ？」

「でも、母親の価値ないですから」

「あいつに返してもらうもんがあんだよ」

「ほんとに知らないんです」

ランドセルのなかの財布を取りあげられたらどうしよう、とそればかりを思った。全財産の七四八円が入っている。

鯉シャツが僕の腕を放した。いまのうちに逃げよう。そう思ったら、「俺のマンガ」とつぶやくのが聞こえた。

「あいつにマンガ貸してんだよ」

体から一気に力が抜けた。なんだ、マンガかよ。

「ブラック・ジャック全巻、しかも初版だぜ」

あれか。つぎはぎ顔の医者が金儲けするやつ。やっぱり医者は儲かるんだなと思ったけど、医者になるにはお金がかかるらしいから、僕の選択肢からはとっくに消えている。やっぱり最強は公務員だ。住むところとかボーナスとかいろいろ優遇されているし、仕事は気楽そうだし、失業する心配はないし、社会的信用もあるらしい。その分、ほかの人には嫌われるみたいだけど、それは妬《ねた》み。つまり負け犬の遠吠えだ。

「なあ、俺のマンガはどうした?」

「さあ」

売っちゃったんじゃないですか、とは言えない。

「ほかにも貸してるマンガがあるんだよ」

「カレンとはどういう知り合いなんですか? まさかつきあってるとか?」

鯉シャツへの恐れは見事に消えていた。たかがマンガで大騒ぎする大人は小学生並み、いやそれ以下。怖がる価値もない。つまり、みえみえの詐欺に引っかかりかけた太助と同類ってことだ。

それにしても僕が理解できないのは、あの日、太助が落ちこんでいるように見えなかったことだ。僕だったら自分の愚かさにうんざりして消えたくなるのに、帰りのバスのなかでもボロ家に帰ってからも、太助はどことなくすっきりして見えた。

鯉シャツは、カレンが働いていた居酒屋の客だったと言った。よくビールをサービスしてもらったんだよ、という言葉に、カレンには客にタダで飲み食いさせてクビになったことが、居酒屋、スナック、喫茶店でそれぞれ一回ずつあったのを思い出した。

「それでは、さようなら」

僕は頭を下げて鯉シャツに背中を向けた。

「なあ。じゃあ、おまえいまどうしてんの？」

「親戚の家にいます」

足を止めずに答えた。

「あいつ、もしかしたら帰ったんじゃね？」

「帰った？」

鯉シャツが口にしたのは、カレンが札幌に来る前に暮らしていた町だった。

カレン談によると、椎茸《しいたけ》で有名なその町で、ある男と大恋愛をし、僕を授かり、しかしわけあって男にはなにも告げず札幌に来たということだった。幼いころは信じたけど、いまの僕は信じていない。でも、もしほんとうだとしたら？

考えながら歩いていたから、歌子さんに気づいたのはすれちがう直前だった。

歌子さんは今日も迫力のある恰好だ。どくろ柄のぴちぴちのTシャツはショッキングピンクで、黒いショートパンツからは本来なら肩にかけるべき紐が垂れさがっている。膝上までの靴下もどくろ柄で、ゴムの上に太ももの肉が崩れ落ちるようにのっている。

「あの、破れてますけど」

僕は靴下を指さした。ふくらはぎの部分が横に大きく裂けている。

「わざと」

「ファッションだから。ほらここも」

そう言って、歌子さんは尻を突きだした。ショートパンツの破れたところから見たくもないピンクのパンツがちょっとだけ見えた。「わかった？」と聞かれ、まったくわからないけど仕方なくうなずいた。

歌子さんが僕の背後に視線を伸ばした。振り返ると、まだ鯉シャツがいた。黒いサングラスで目は隠れていても、魂を叩きつぶされたように驚いているのがわかる。そうだよね、この体でこの恰好だもんね。でも、もしかしてこのふたり、服の趣味合ったりして。

「どうも。宇佐木《うさぎ》毬男《まりお》です」

鯉シャツが低い声で言った。

ウ、サ、ギ、マ、リ、オ？

「おい、この人は誰だよ」

と、僕の肩を小突く。

「親戚の」

おばさん、と言いかけて、

「万知田歌子さん」

「え？」

僕の紹介を受けた歌子さんは、にやり、と舌なめずりをするように笑うと、あいさつを返すことなく歩いていった。

その後ろ姿をしつこく見送っているウサギマリオが不気味だった。

第二章　秋

しいたけの町

ボロ家で暮らしはじめて二か月が過ぎた一〇月の土曜日。

風の強い夜だった。玄関のがたがたっと鳴る音に、政江さんがぽつりと言った。

「おや、花子かな」

「は、花子？」

「いま玄関が開かなかったかい？　花子だったりしてね」

食卓で宿題をしていた僕の全身に鳥肌が立った。

「そ、そんなわけないよ。あ、あれはよくある作り話で、ただの噂っていうか、でたらめっていうか。僕、そういうのぜんぜん信じてないから。怖がらせようとしても無駄ですから」

家には僕と政江さんしかいなかった。

太助は、晩ごはんを食べてすぐに出かけた。詐欺に引っかかりかけて以来、太助はたまに短期のアルバイトをするようになって、今夜は交通誘導とか言っていた。

江口さんは、たぶん近所を散歩でもしてるんだろう。ほかに行くところも、やることもなさそうだもの。

「僕、ほんとそういうの怖くないから」

ソファに座った政江さんは、眉間にしわを刻んで僕を見ている。

「なんで花子が怖いのさ」

「だから怖くないって」

「なんで作り話なのさ」

「ばかな小学生が考えそうなことだからだよ」

そのとき、居間のドアが開いた。鳥肌マックスだった僕は悲鳴をあげそうになった。あげずに済んだのは、パニックを起こしかけて息が止まったからだ。そこにいたのは、引きこもりジジイこと江口さんだった。

江口さんは、政江さんと僕に目をやり、最後に台所に視線を移すと、ふん、と鼻を鳴らして居間に入ることなくドアを閉めた。階段を上っていく足音が聞こえた。

台所は汚れた皿や茶碗やコップ、フライパンや鍋であふれ返っている。原因は低レベルのけんか。もちろん太助と江口さんだ。

それは、食器を洗え洗わないからはじまった。

江口さんは相変わらず自分の食器を洗わなかったし、台所にさげることだけはしたけど、そのさげ方も、あとはおまえがやっとけ、と言っているように乱暴だったし、油ぎっとりの皿の上にコップを置いたりして配慮がなかった。もし江口さんが「ごちそうさま」とか「ありがとう」とか言ってたら、太助もあんな提案はしなかったと思う。

「江口さん、これから洗い物は交替制にしましょう」

「なんで俺が」

鼻くそを飛ばすような声だった。

「江口さんも居候ですからね。最低限のことはしなくちゃだめですよ」

「この俺にえらそうな口をきくな」

「じゃあ、明日から江口さんの食事はつくりませんから、自分のことは自分でしてください」

次の日から、ほんとうに太助は江口さんの分をつくらなかったし、江口さんも晩ごはんのときは居間にいないようになった。僕たちが食べ終えた一、二時間後に現れ、たいていチャーハンとみそ汁を自分の分だけつくって食べた。問題だったのは、江口さんが自分で使ったものを洗わなかったことだ。さらに問題になったのが、ムキになった太助もまた洗い物を放棄したことだ。台所はあっというまに食器や調理器具でいっぱいになり、太助も江口さんも使う分だけその都度洗うということを繰り返した。

いっそ僕が洗っちゃおう、と何度思ったかわからない。そうしなかったのは、一線を引いておきたかったからだ。太助ははじめて会った日、僕に「居候仲間」と言ったけど、僕は太助や江口さんとはちがう。居候じゃなくて親戚だ。それに、そのうち歌子さんか政江さんが怒りだすに決まってるから、このくだらない意地の張り合いにどんな決着がつくのか見届けたい気もした。

「花子のわけないか」

政江さんはまだそんなことを言っている。

「だから作り話だって。防風林の花子さんなんているわけないよ」

「防風林の花子？」

「あ、呼び捨てはだめです」

「誰さ、防風林の花子って。あたしはムスメの花子のことを言ってんだよ」

「ムスメの、花子？」

あんたにだけ教えてあげるよ、と政江さんは僕たち以外に誰もいないのに手招きをした。この日も黒いカーディガンとロングスカートで、やっぱり魔女っぽい。

「花子はあたしの娘だよ」

「娘って？」

「娘っていうのは女の子供のことだよ。そんなことも学校で習わないのかい」

「そうじゃなくて、じゃあ歌子さんの姉妹ってこと？」

「双子だよ。花子が上で、歌子が下」

双子、と無意識のうちに声が出た。あんな着ぐるみみたいな人間がもうひとりいるなんて信じられない。

「その人、どこにいるの？」

政江さんは静かなため息をつき、「遠いところだよ」と言った。

「連絡つかないの？」

「離婚したとき、上の花子は父親のほうに引き取られたんだよ」

「離婚した、って誰が？」

「あたしだよ」

「政江さん、結婚してたことあるの？」

「あたりまえだろ」

政江さんはそう言ったけど、僕にはあたりまえのことには思えなかった。

「双子ってことは、その人と歌子さん、似てるってこと？」

「そっくりだよ」

「すごく？」

「親でも見分けがつかないくらいだったよ」

「へーえ」

なんだかすごい話を聞いた気がするけど、歌子さんがふたりもいる光景には現実味がない。


太助と江口さんの意地の張り合いに決着がついたのは次の日だった。

たっぷりと寝坊をして日曜日を満喫してから居間に行くと、江口さんがソファに座って食パンを食べていた。僕はレンジ台から食パンを取った。マーガリンといちごジャムを塗るつもりだったけど、バターナイフを洗わなきゃならないことに気づいてそのまま食べることにした。

マーガリンといちごジャムが塗れなかった分を取り返すためにパンを三枚食べたとき、エコバッグをさげた太助が入ってきた。

「あ、純矢くん、お昼ごはん食べちゃった？　焼きそばつくろうと思ったのに」

太助は僕にだけ言った。

「ううん、いま食べたのは朝ごはん。もうちょっとしたら食べられるよ」

太助が食材を冷蔵庫にしまっているとき、江口さんが飲み終えたコップを台所に置いた。大きな音はわざとたてた気がする。太助も江口さんも無視しあってるけど、ばちばちっと火花が散った。江口さんはコップを洗わずに居間を出ていこうとする。その後ろ姿を太助が睨《にら》みつける。

そのとき和室から政江さんが出てきた。台所に目をやって、ぴたりと動きを止める。いよいよ怒るんだ、と僕は思った。太助も江口さんも同じことを思ったのだろう、息を詰めて政江さんを見ている。

「いい加減にしないとコバエが湧くじゃないか」

ひとりごとのようにつぶやくと、なんと政江さんは食器を洗いはじめた。

ちがう、正確にはひとつも洗わなかった。いちばん上のフライパンを両手で持ちあげたとたんによろめき、「ぎゃっ」と叫び声をあげて派手に転んだ。

「だ、大丈夫ですか?」

太助が走り寄る。

「いたーいたーいいたーあああいたー」

たぶん「痛い」と繰り返しているんだろう、目をぎゅっとつぶった政江さんは、こめかみの筋を浮きあがらせ、顔じゅうのしわを深く刻み、ものすごく硬いものを食いちぎろうとするような顔だった。

「どど、どこが痛いんですか？　足ですか？」

小さくうなずいた政江さんの目から涙がこぼれた。

「救急車呼ぶ？」

僕の質問に答える大人はいない。ひとりはうめきつづけ、ひとりはおろおろとしゃがみこみ、ひとりはただ突っ立っているだけ。

「ねえ、救急車呼ぶけどいいよね？」

繰り返しても返事はない。僕は一一九番した。受話器から聞こえる男の人の声は頼もしくて、どうしてこういう大人がこの家にはひとりもいないんだろうと思った。

僕と太助が一緒に救急車に乗った。救急車に乗るのははじめてだったけど、痛みにうめく政江さんの顔が人間に見えなくなる瞬間があって、初体験を楽しむ余裕はなかった。

病院に着くと、政江さんはストレッチャーで運ばれていった。

「僕のせいだ」

太助がつぶやいた。

やっぱり太助のせいか。まあ、そうだろうな。

「僕が変な意地を張らずに、ちゃんと洗い物をすればよかったんだ」

それはわかるけど、

「ネガティブにネガティブで対抗しちゃいけなかったんだ」

という意味はわからなかった。

政江さんに「ババア」と怒鳴ってから、太助は「夜食つくりましょうか？」とか「なにが食べたいですか？」とか、ものすごく気をつかっていた。それなのに、結局こんなことになってしまった。本人は全力疾走しているつもりでも、のろいうえにゴール前で転んでしまう、そんな感じだろうか。だから大学まで出たのに、四一にもなって住むところも仕事もなくて、おまけに詐欺に引っかかりかけたのかもしれない。

「歌子さんに連絡しなくていいの？」

僕が聞くと、太助は「あ」とつぶやき、あわあわとポケットを探ってスマホを取りだすと玄関のほうへ走っていった。

政江さんは大腿骨《だいたいこつ》というところを骨折していた。詳しく検査をしたのち手術することになるだろう、と医者から聞かされた。

「お年寄りが大腿骨を骨折したら、そのまま寝たきりになっちゃう場合が多いらしいんだ」

太助がしょんぼりとつぶやく。

「大腿骨ってどこ？」

ここ、と太助は腿《もも》から膝のあいだを撫でた。

「よく知ってるね」

太助のくせに、と心のなかでつけたした。

「僕のおふくろ、看護師だからね」

「えっ」

「なに？」

「看護師なの？　じゃあ、お父さんはまさか医者とか？」

「ちがうよ」

太助のお母さんが看護師？　それは太助が大卒だと聞いたときと同じくらいの衝撃だった。看護師の息子がこれ？

政江さんは、二人部屋の窓際のベッドで点滴をされている。眠っているけど、ときどき思い出したように痛そうな声を漏らす。

歌子さんが来たのはそんなときだった。

真っ赤な口紅を塗り、耳には銀色のピアスをじゃらじゃらつけて、黒いブラウスに、どくろ柄のピンクのネクタイを垂らし、ふりふりの黒いミニスカートをはいている。コスプレみたいな恰好はこの状況では悪ふざけにしか見えないけど、歌子さんはいつもの無表情だ。無表情のまま、自分の母親を真上から見おろした。

そのまま時間が止まったように感じた。

政江さんは眉間に深いしわを刻み、怖い夢を見ているような寝顔だ。心配じゃないのかな、歌子さんは表情を変えないし、声もかけない。まるで誰もいないベッドを見おろしているみたいだ。

音も動きもない重苦しい時間に、僕はなんだか緊張して動けなくなってしまった。

やがて、政江さんが小さくうめいた。

歌子さんの黒い瞳がほんの少しだけ揺れた。無表情の下から、なにかを我慢するような顔が表れた。それなのに、真っ赤に塗ったくちびるに力を入れて平気なふりをしている。歌子さんのそんな顔を見たことはないのに、よく知っている気がした。

僕かもしれない、と思いつく。僕もよくこんな顔をしてるんじゃないだろうか。

「あああ、いたあああい」

政江さんが悲痛な声を出した。

歌子さんの右手がぴくっと動いた。その手がすぐに、なにかを握りつぶすようにぎゅっとこぶしをつくった。

歌子さんのくちびるがゆるみ、たっぷりと間をおいてから言葉を吐きだす。

「そうか、痛いか」

低いつぶやきは、ざまあみろ、とでも言いたげに聞こえた。歌子さんはもとの無表情に戻っている。

僕はぞくっとした。恐ろしいものを目の当たりにしている感覚だった。

歌子さんはしばらく政江さんを見おろしていた。やがて、ふっと上げた視線が僕とぶつかった。僕は慌てて目をそらした。

そのとき、トイレに行っていた太助が戻ってきた。

「あ、歌子さん」

「悪いけど」

と、歌子さんは太助を見た。少しも悪いと思っていない口調だった。

「着替えとか持ってくるからもう少しいてくれる？」

いちおう疑問形だったけど、命令にしか聞こえなかった。

「はいっ」

太助が敬礼でもしそうな勢いで答える。

歌子さんが戻ってきたのは二時間後だった。着替えやタオルをロッカーにしまうと、「じゃあね」とあっさり立ち去ろうとした。

「どこ行くんですか？」

太助が慌てた。

「仕事」

「仕事って、でも、だって」

太助がまごついているあいだに、歌子さんはためらうことなく出ていった。

僕は、ベッドの上の政江さんに視線を移した。点滴が効いているのか、さっきから軽いいびきをかいている。

「政江さん、かわいそうだよ」

歌子さんの残像を見つめるようにして太助がつぶやいた。

「もう少しそばにいてあげればいいのに。だって親子なんだよ。歌子さん、いつも淡々としてるけど、こんなときくらいやさしくしてあげてもいいのに」

「じゃあ、歌子さんにそう言えば？」

太助はうっと喉詰まりしたみたいな顔になった。

「だ、だって怪我をしたり病気になったときって心細いよね。誰かにそばにいてほしいよね」

「太助は風邪ひいたとき親が看病してくれた？」

「もちろんそうだよ。うちの場合は、母さんより父さんが多かったけど」

「おかゆとかつくってもらったんでしょ？」

「うん。あとりんごをすりおろしたやつとか」

子供のころを思い出してるんだろう、太助はほほえんだ。

「僕は風邪ひいたら怒られたよ。病院代とか薬代がもったいないって。だから、熱が出ても言わなかったし、母親も気づかなかったよ。誰かにそばにいてほしいなんて、恵まれた人のただの甘えだよ」

太助は二、三秒のあいだ無言で僕を見つめ、やがてうつむいた。ごめんね、と言いかけ、思いとどまったのが感じられた。

——そうか、痛いか。

政江さんには歌子さんの声が聞こえただろうか。

政江さんが入院して一週間がたった。

太助は食器を洗うようになった。江口さんも洗うようになったけど、汚れが落ちていないし台所が水浸しだと太助はぶつぶつ文句を言う。

僕はよく、病室での歌子さんを思い出す。母親をまっすぐ見おろすまなざしを。一瞬だけ崩れかけた無表情がもとに戻ったところを。「そうか、痛いか」という低いつぶやきを。思い出すたび、許可された気持ちになる。僕も母親にああいう態度を取ってもいいのだ、と。もし、どこかの病院からカレンが危篤だと連絡があったとしたら、僕は無表情なまなざしで苦しむカレンを見おろしてもいい。心配したり悲しんだりしなくていい。そう思うと、僕の心はすうっと軽くなって、すうっと冷たい風が吹いた。

学校から帰ると、珍しく歌子さんがいた。

「あれ、太助は？　っと病院か」

「バイトだからね。一日一〇〇〇円、交通費別途支給」

「太助ってバイトで政江さんの病院行ってるの？」

それなら僕に頼んでほしい。一日一〇〇〇円ならすぐに自転車が買える。でも、ほんとうにお金がもらえたら、自転車は我慢して貯金するつもりだ。

「歌子さんは病院に行かないの？」

歌子さんはソファでスマホをいじっている。返事をしないことで、行かない、と答えたつもりらしい。

「そうだよね。別に行かなくたっていいよね」

そう言ったところで、気になることを思い出した。

「でも、太助が言ってたんだけど、お年寄りが大腿骨ってところを骨折したら、寝たきりになるかもしれないんでしょ？　政江さん、大丈夫かな」

「さあね」

歌子さんはどうでもよさそうに答え、ソファから立ちあがった。そのとき、真っ赤に塗ったくちびるが歪んで小さく笑うような形になった。かすかな声が漏れた。

「え？　いま、なんて言ったの？」

歌子さんは繰り返してくれない。

寝たきりもいいかもね——。僕の耳にはそう聞こえた。でも、まさかね。さすがの歌子さんも政江さんが寝たきりになればいいなんて、そんなこと思わないよね。

「僕も病院に行こうかな」

「なんで？」

一日一〇〇〇円だから、とは言えなくて、だって、とつぶやいたきり黙ってしまった。でも見透かされたのだろう、ああ、と歌子さんが声を漏らした。

「あんた、五年生だっけ？」

「あ、はい」

「いくらだった？」

「え？」

「お小遣い」

「あ」

「いらない？」

「いりますっ」

「いくらもらってた？」

もらってなかった、と正直に答えたらこのチャンスを逃してしまう。でも、嘘をついたら見破られてもっと損する気がした。どうしようどうしよう、と焦る頭で必死に考えた。

「もらってませんでした」

正直に答えた。

「ふうん」

「あっ、でも、ときどきお釣りとかもらってました」

慌ててつけ加える。

歌子さんは、赤と黒のヒョウ柄のバッグから土星みたいなマークがついた財布を取りだすと、「今月のお小遣い」と五〇〇円玉を差しだした。

「こんなに？」

驚く僕にうなずき、歌子さんはバッグを肩にかけ直した。

「仕事に行くの？」

「デート」

嘘でしょ？

僕の目の前には、真っ赤なTシャツとショートパンツ、黒い網タイツをはき、腰にはぶっとい銀色のチェーンをぶらさげた巨大な女がいる。人としての平均値から大きくはずれた姿を目の当たりにしたら、ふと思い出した。

「歌子さんって双子なんですか？」

こんな人がこの世にもうひとりいることがどうしても信じられなかった。

「双子」

歌子さんは棒読みで復唱し、「って、あたしが誰と？」と聞き返してきた。

「花子さんって人と」

「花子」

「政江さんから聞いたんだけど」

「なんて？」

「歌子さんとそっくりだって。でも、父親に引き取られて遠いところにいるって」

盛りあがらない会話に、僕は政江さんにだまされたんじゃないかと思いはじめた。

「あの人、嘘つきだからね」

やっぱり嘘だったのか。

居間のドアを開けた歌子さんが立ち止まり、振り返る。

「だいたいさ、この世にあたしみたいな人間がふたりもいると思う？」

「思いません」

僕は即答した。


土曜日の午後、僕は江口さんとふたりで政江さんの病院に行くことになった。太助が風邪をひいたからだ。僕はひとりで行くと立候補した。もちろん一〇〇〇円のために。でも、入院費を払ったり書類にサインする手続きがあるため、大人じゃないとだめらしい。それなのに、江口さんは行きたくないと言い張った。

「男がひとりで見舞いに行くなんてみっともない」

それが江口さんの言い分だった。

お見舞いに行く行かないに関係なく、もう十分みっともないことに気づいていないのだろうか。それに一〇〇〇円が欲しくないのだろうか。引きこもりジジイの考えることはちっともわからない。

太助と江口さんのやりとりの末、僕と江口さんのふたりで行くことになった。僕への決め手は一〇〇〇円で、江口さんへの決め手は「歌子さんに言いつける」という脅《おど》しだった。理由は知らないけど、江口さんが歌子さんを恐れていることはたしかだ。

二週間ぶりに見た政江さんは、急に歳を取ったようだった。白髪はぼさぼさで、腰は曲がっていて、水色の病衣を着ているのに魔女っぽさがアップしている。

「無理やり歩かせるんだよ。しかも、手術した次の日からだよ」

政江さんは僕を見るなり文句を言った。テレビのイヤホンをはずしながら「人が痛いって言ってるのにさ。これじゃあ治るもんも治らないよ」と文句を続ける。どうやら、寝たきりになる可能性はこれっぽっちもなさそうだ。

「調子はどうですか？」

僕は、太助に聞くように言われた科白を口にした。

「いま言っただろ、治るもんも治らないって」

「痛いの？」

「痛いよ。痛いのに無理やり歩かせてさ」

年寄りって同じことばかり繰り返す生き物なんだな。

「洗濯物はありますか？」

「ないよ」

「なにか欲しいものはありますか？」

「食べるものかい？」

政江さんの顔がぱっと明るくなった。

「別に食べるものじゃなくてもいいんだけど」

「極上カステラ、三越の地下の。あとかまぼこ、枝豆のやつときんぴらのやつね。それも三越の地下で売ってるから。行けばわかるよ」

「じゃあ、太助に言っときます」

「いま食べたいんだよ」

「え」

「あと週刊誌。テレビでやってたんだけどさ、歌舞伎のなんとかって役者に隠し子がいたんだって。それ載ってるやつ買ってきてちょうだい」

「なんていう週刊誌？」

「知らないよ。店の人に聞けばいいだろ」

一〇〇〇円は簡単にもらえないんだな、と僕は渋々立ちあがった。病室を出ると、手続きを済ませたらしい江口さんが廊下を歩いてくるところだった。

「三越に行ってくる」

「三越？」

三越に恨みでもあるのだろうか、不機嫌そうに顔をしかめる。

「政江さんに買い物頼まれたから。江口さんは病室で待っててください」

「あ、いや、俺が行く」

「じゃあ、三越の地下で売ってるカステラとかまぼこ。カステラは極上で、かまぼこは枝豆のやつときんぴらのやつだって。それから、歌舞伎のなんとかって役者に隠し子がいるっていう週刊誌」

僕は太助から預かったお金が入った封筒を差しだした。

「ちゃ、ちゃんとした商品名を言え。それから店名も。雑誌の名前もだ」

「行けばわかるって。あとは店の人に聞け、って」

「なっ」

江口さんは声を詰まらせ、その数秒後、「し、仕方ない。一緒に行ってやる。子供がひとりでうろうろするのもあれだからな」としどろもどろで言った。

僕は確信した。この人、ほんとに役立たずなんだ。

僕の確信どおり江口さんはなにもしなかった。僕の後ろを影みたいにただついてくるだけ。三越の地下で、一か月分の食費かよ、と突っこみたくなる値段のカステラとかまぼこを買って、インフォメーションの女の人に本屋がどこにあるのか聞こうとしたときだった。

「お父さんっ」

その声は僕に向けられていた。いや、ちがう。僕にぴったりくっついている江口さんにだ。あまりにも役に立たないからいるのを忘れていた。

香水のにおいをぷんぷんさせた女の人だ。薄いピンク色のワンピースを着て、気どった角度に曲げた腕にはアルファベットのCを重ねたみたいなマークのバッグ。歌子さんと同じくらいの歳か、もっと上か下か。判断できないのはこの人のせいではなく、歌子さんのほうに原因がある。

香水と同じくらい金持ちのにおいをぷんぷんさせた女の人が、「お父さん」って江口さんに？　家もお金もない六七歳の引きこもりジジイに？

「お父さん、いま、どこにいるの？　なにやってるの？　会社つぶれて家も取られたんでしょう？　行方不明だからホームレスにでもなったんじゃないかって、お母さんと言ってたのよ」

まくしたてた女の人に、江口さんは、ぐるる、と動物めいたうなり声を漏らした。

僕は女の人と江口さんを見比べて、めんどくさいからこのすきに江口さんを置いてさっさと行こうとした。

「あ、待ちなさい。純矢、くん」

歩きだした僕に声がかかった。

純矢、くん？

振り返ると、江口さんも女の人も僕を見ていた。

「あ、悪いが……」と言いながら、江口さんは女の人に向き直った。

「実はカード類を忘れてしまって現金がたりなくて……」

わざとらしく財布のなかをのぞいている。

「まだ買い物があるんで、一万円ばかり貸してもらえると助かるんだが」

女の人は財布を出して、手品みたいな華麗な手つきでお札を二枚引き抜いた。

「念のため二万円。たりる？」

「悪いな。必ず返すから」

「いいわよ、このくらい」

えっ、と声が出そうになった。

「それで、この子は誰なの？」

「う、うん。こ、子供だ」

「どういうこと？」

僕の疑問を、女の人が代わりに声にしてくれた。

「さ、再婚したんだ」

「嘘」

「若い嫁をもらってな、いまは嫁の家で暮らしてるんだ」

「若いっていくつ？　どんな女よ」

「うん、まあ、三〇代の。少しぽっちゃりした。歌子っていう名前のな」

え――――――っ。

ねねねね、ねえねえ、江口さんと歌子さんて夫婦なの？　ちがうよね、まさかだよね。

万が一ということもあるから確認したかったけど、太助は二階で熟睡していた。

仕方なく居間に下りると、江口さんはソファに座ってテレビに目をやっていた。でも、視線はテレビを通り抜けているようにも、テレビまで届いていないようにも見えた。三越の地下で女の人に声をかけられてからずっとぼんやりしたままだ。

やっぱり万が一もあり得ない。江口さんがあの女の人に言ったことはぜんぶ嘘だ。だって、歌子さんのことを「少し」ぽっちゃりと言ったし、僕のことを「子供」と言ったし、なにより食卓の上のレジ袋がそれを物語っている。江口さんがコンビニでコーンマヨネーズパンとプリンとポテトチップスを買ってくれたのだ。これって口止め料だろう。

さっそくコーンマヨネーズパンを食べようと、冷蔵庫から牛乳を出した。呼ばれた気がして振り返った。

江口さんの視線はテレビにぴったり合っていた。目と口を開いて、前のめりになっている。テレビに吸いこまれそうだ。

「こ、これ。いつ、いつだ」

と、くちびるをわななかせる。

テレビに驚くようなものは映っていない。旅番組らしく、あざやかな紅葉を映した湖が画面いっぱいに広がっているだけ。「きれいねえ」「きれいですねえ」と言いあっているふたりは女優だろうか。

ここは北海道の……、と男のナレーションが湖の説明をはじめた。その湖はカレンが僕を授かったという椎茸の町に近い山のなかにあった。

江口さんはいまにも魂を取られそうな、取られないために必死に抵抗しているような、そんな顔をしている。

ふと、思いついた。

僕の父親のこと。

僕にも父親がいるってこと。

カレンはなにも教えてくれないけど、どこかに僕の父親がいる。もしかしたら、まだあの椎茸の町にいるのかもしれない。大企業の社長だったりして。公務員だったりして。土地やマンションを持っている可能性だってある。

父親は、僕の存在を知ってるんだろうか。

知れば喜んでくれるだろうか。

＊

約二週間の引きこもりを経て、かろうじて復活した江口修の日課は、朝、昼、夜と一日三回の散歩だ。

家の者と顔を合わせるのが嫌だから誰よりも早く起きる。納戸を出て居間に下り、レンジ台にあるパンを食べ、麦茶か牛乳を飲み、出かける。

はじめは家の前の防風林を歩いたが、年寄りどもの散歩コースになっているらしく、「おはようございます」「いいお天気ですね」などと気安く声をかけてくるやつがいてうっとうしい。おまえらみたいな能なしのひま人が軽々しく話しかけてくるな。そう言う代わりに無視を貫いた。防風林をはずれ住宅街を歩くと、川沿いに小さな公園を見つけた。ひと気がないのが気に入り、以来、ベンチに座って時間をつぶすようになった。川向こうは、片側三車線の国道だ。車が走り去るさまを眺めているだけで、あっというまに時間が過ぎた。

昼から夕方にかけては、大型ショッピングセンターまで足を延ばす。三階建てで、スーパーマーケットのほか、洋服屋や雑貨屋、本屋、飲食店などが入っており、同じ敷地にホームセンターとレンタルショップとファミリーレストランが別棟で建っている。江口は、スーパーマーケットとホームセンターを重点的にめぐり、疲れるとベンチで休んだ。それで家への往復を含め三、四時間はたつ。

夜は、ちょっと外に出るといった感じだ。朝と昼の散歩で右膝がじんわりと痛み、長い距離を歩くのはつらい。ほんとうは出前の寿司でもつまんでゆったりしたいのだが、いまはそれができる環境にない。社会の底辺で、底辺のやつらと暮らしているからだ。

――江口さんなんか将来もないじゃないですか。現にいま、なんの役にも立ってないじゃないですか。

あの太助という男。家も仕事もないクズのくせに、えらそうなことを言いやがって。詐欺

にあうところを助けてやったこの俺に、よくそんな口がきけたものだ。そして、

——生きてる価値ない。

あの小生意気なガキ。親戚の子供だとか言っていたが、どんな親にどんな教育を受けたらあんな子供になるのか。

もし仮に俺が役立たずで生きる価値のない人間に見えたとしても、それはいまだけのことであり、しかもそれは俺のせいではない。悪いのは、社会であり政治であり時代であり、まわりの人間たちだ。

江口はそう思っていた。そう思わないと生きていけなかった。


政江の病院に行った翌日から、江口はまた太助と純矢と一緒に夕食をとるようになった。これまでの態度を反省したのか、太助から声をかけてきたのだった。正直、ほっとした。自分でつくるべたついたチャーハンには飽き飽きしていたし、どんな人間にもちっぽけな取り柄はあるらしく、太助がつくる料理はどれもおいしかった。

その日は、メンチカツとコロッケ、もやしとトマトのサラダ、わかめスープだった。高齢の政江が入院しているから子供が好きそうな献立にしたのだろう。メンチカツもコロッケも江口の好物だ。というより、もともと好き嫌いはないし、年齢のわりに大食でもある。

「この家にはいつも居候がいたみたいだから、そんなに気にしなくていいんだよ」

太助の言葉は、ファミレスだとこれでいくら？　と聞いた純矢に向けたものだった。

「言っとくけど、僕は居候じゃなくて親戚だから」

「でも純矢くん、いつもお金のこと気にしてるから」

「そんなことより、ここ、いつも居候がいたの？」

「僕がはじめてこの家に来たときには、三〇代の夫婦がいたんだよ。その前には、別の居候がいたみたいだよ」

「なんで？」

「なんででしょうねえ」

と、太助は江口に振った。

いまいましい、能なしのおまえと一緒にするな。目を合わせることさえしなかったが、顔がかっと熱くなった。

歌子というあの太った女もいまいましい。あのことは誰にもしゃべってないだろうな。そこまで考えた江口は純矢を盗み見、このガキは誰かにしゃべっただろうか、と不安を覚えた。

あの女と再婚した、ととっさに口走ったのは、つまらない見栄のせいだ。数年ぶりに会った娘に、充実した生活を送っているように見られたかった。元妻には娘からすぐに話が行くだろう。

会社がつぶれた。家を取られた。行方不明。ホームレス。

娘はすべて知っていた。ということは、筒抜けのふたりのことだ、元妻も知っているにちがいない。再婚したと聞いたふたりは、自分たちの得ていた情報がすべてでたらめだと考えるだろう。若い女を嫁にもらえるほどの甲斐性と魅力と財産をいまも備えていると思い直すだろう。「さすが」「悔しい」「うらやましい」元妻にはそう思われたかった。いや、元妻だけではなく娘にも、元同僚にも、まわりのすべての人間に、成功者だと、勝者だと、優秀だと思われたかった。

実際にモノがちがうのだ。俺は神童と呼ばれて育ったのだから。

自分にそう言い聞かせた瞬間、まぶたの裏に紅葉を映した湖が現れた。

胃の入口が詰まったように息苦しくなり、心臓がせりあがってくる。正体のわからない不安にからめ捕られる気がして、目をつぶり、耳をふさぎたくなった。

「どうしたんですか?」

太助の声に我に返り、右手に箸、左手にスープの椀を持ったまま固まっていることに気づく。

江口が無視すると、太助は純矢に顔を向けた。

「そうだ。来月の土日、僕、バイトが決まったんだ。政江さんのお見舞いお願いできる？」

「一日一〇〇〇円でしょ？」純矢は瞳をぱっと輝かせ、素早く計算したのだろう、「じゃあ、一か月で八〇〇〇円になるね」と興奮した声を出した。

「もうそんなに行かなくていいんだよ。歌子さんに頼まれたときだけ行ってほしいんだ」

「一回も頼まれなかったら？」

「一回くらいは頼まれると思うけど」

「絶対に頼まれたいなあ」

純矢の声には切実な響きがあった。

「ねえ、太助のバイトって一日いくらもらえるの？」

「七〇〇〇円」

「いいなあ。どんなバイト？」

「スーパーの駐車場の誘導。僕、スーパーで働いてたことがあるんだ。チェーン展開してる大きなスーパーの正社員だったんだよ」

そう言って太助は、自慢げに江口を見やった。

「スーパー？」

気がついたら江口は声をひっくり返し、ふん、と鼻で笑っていた。

「俺は全国のスーパーに、お願いですから取り引きさせてください、と頼まれた大企業に勤めていたぞ」

自然と胸がそり返るのを感じた。

太助も純矢もぽかんとしているだけで黙っている。仕方がないから自ら披露する。

「七星乳業《ななほし》だ」

その社名を口にしたのはひさしぶりだと気づき、江口はしばし感慨に浸った。

「……ってつぶれましたよね」

と太助。

「知らない、そんな会社」

と純矢。

太助が純矢に説明をはじめた。

「七星乳業っていうのは北海道の会社で、牛乳とかヨーグルトとかハムをつくってたんだけど、何年か前に立てつづけに食中毒事件を起こしてつぶれちゃったんだよ」

江口は慌てて口を挟む。

「おまえもスーパーに勤めてたなら少しはわかるだろう。七星乳業のブランド力がどれほどのものだったのか」

「それって大昔のことですよね。結局、食中毒でつぶれちゃったし」

「ねえ、七星乳業って大企業だったの？」

純矢が、太助と江口を交互に見ながら訊ねる。

「もちろんそうだ。大企業だ」

「じゃあ、大学出てるの？」

「俺か？　あたりまえだ」

そう答えると、純矢はなぜかショックを受けた顔つきになった。

「でも、つぶれましたよね」

太助はしつこい。

「俺が辞めたからだ」

「はい？」

「俺が辞めたから会社はつぶれたんだ」

つまらない見栄を重ねてしまった。

七星乳業は大正一二年、札幌で創業した。

当初はバターやチーズ、牛乳、アイスクリームなど乳製品のみを扱っていたが、着実に事業を拡大し、ハムやソーセージといった肉加工品をはじめ、冷凍食品、レトルト食品、菓子類などを扱う巨大食品メーカーへと発展した。

江口が入社した昭和四九年は、百貨店にしか卸さない高級ハムとホテルにしか卸さない高級アイスクリームが、業界の話題になった年だった。「うちはどことでも取り引きする会社じゃない」「七星の社員としてプライドを持て」「うちの製品は日本一だ」社内のあちこちで聞かされた言葉は、江口の内にしっかりと根を張った。

スーパーマーケットやレストランの経営者がよく、「ぜひ七星さんの製品を扱わせてください」と直談判しに来た。七星ブランドを取り扱うことがステイタスになる時代だった。

入社後二〇年間は転勤の連続で、江口は北海道各地の工場や営業所をまわった。七星乳業の社員というだけで北海道のどこへ行ってもちやほやされた。札幌の工場にいたとき見合いで結婚したが、娘が生まれてすぐ地方へ単身赴任をした。正直、ひとりのほうが余計なことに神経を使わず、仕事に没頭できてよかった。

四〇代の半ばで本社勤務になった。そのころから風向きが変わった。本州企業にシェアを奪われ、いつのまにか「納入させてください」と頭を下げる側になっていた。

最初の集団食中毒事件が発生したのは、江口が営業事業部にいたときだ。工場設備の殺菌不足が原因で、主力商品である牛乳に腐敗菌が混入したのだった。マスコミで大きく取りあげられ、七星乳業の信頼は失墜した。二度目はその三年後、今度はハムだった。会社存続の可能性に向けて多くの社員が責任を取らされ、資材調達部の次長だった江口もそのひとりだった。孫会社であるレストランの副店長への降格人事に、なぜ俺がそのへんのぼんくら連中にアイスクリームやグラタンを運ばなければならないのだ、と憤慨した。頭の血管が数本切れそうなほどだった。

退職届を出したその夜、妻から離婚を切りだされた。周到に用意していたらしく、弁護士を通じて退職金の半分を取られた。自分の金を取られることに憤りを感じはしたが、最終的には、勝手にしろ、と思った。どうせ困るのはそっちだ、すぐに生活できなくなって泣きついてくるに決まっている。ところが、妻は一年もたたないうちに中古車販売業を営む男と再婚したのみならず、札幌の郊外にロールケーキの専門店を開いた。妻が十数年前から自宅で菓子づくり教室を開いていたのを、江口は離婚後はじめて知ったのだった。

しかし、江口もまた経営者となった。江口より先に七星乳業を退職した元同僚が、田舎に引っこむから会社を引き継がないかと持ちかけてきたのだ。社員一〇名弱の小さなイベント会社だったが、クライアントがホテルや大手旅館など一流どころなのが気に入った。札幌のホテルになら多少の顔が利くこと、七星時代に販促イベントを手がけたことにも後押しされ、江口は元同僚からすべての株を購入、会社を自分のものにした。七星乳業が破綻したのは、その二年後のことだった。

朝早く江口は目を覚ます。

目を覚ましても数秒のあいだ、自分がどこにいるのか混乱が続く。納戸の小さなあかり窓から射しこむ朝日が、空中に浮かんだ塵《ちり》を控えめに輝かせている。

ああ、俺はこんなわけのわからないところにいるのだな、と思う。どこでどうまちがえてしまったのだろう。

納戸を出ると、足の裏がひやっとした。居間に下り、カーテンを開けてテレビをつけた。政江が入院して以来、気兼ねなく朝の時間を過ごせるようになった。ただ、歌子が現れるのではないかという不安がつきまとい、心底からくつろぐことはできない。牛乳を電子レンジで温め、マーガリンといちごジャムを塗った食パンを二枚食べた。政江が骨折してから自分が使った食器は自分で洗うようにしている。

曜日の感覚がすっかりなくなった江口だが、いまが一〇月の下旬であることくらいは理解している。朝晩は寒く、散歩がきつい。それでも日課は欠かせない。なにかひとつでも規律を守らないと、また廃人に戻ってしまう気がした。

数日間のことだったが、路上生活はつらかった。つらいというより、痛かった。それなのにどこが痛むのかがわからないのだった。なぜこんな思いをしてまで生きなければならないのか、なぜ自ら命を絶たないのか、これからどうなるのか、そんなことを考える余裕はなかった。痛みに耐えることに精いっぱいで、すぐに答えが出ない問題に頭を働かせることなどできなかった。

この家に来てしばらくのことはよく覚えていない。何日もただただ眠りつづけた気がする。あるときふと目が覚めると、まるで腹に穴があいているように空腹だった。

「さっむー」

いきなりの声に首をねじると、純矢が居間に入ってきたところだった。食パン二枚では物足りず、果物はないかと冷蔵庫をのぞいていた江口はばつの悪さを感じた。

あのときもそうだった。あまりの空腹に冷蔵庫をあさっていたところを、純矢の叫び声で現実へと引き戻されたのだ。その現実は、神童、エリート、社長と変遷してきた江口にとって受け入れがたいものだった。

――生きてる価値ない。

純矢に言われた言葉が耳の奥で膨らんだ。

七時一〇分。いつもなら朝の散歩に出かけている時間だ。純矢も江口がいるとは思わなかったのだろう、一瞬驚いたのち「あー寒い寒い」とつぶやきながら洗面所へと向かった。足の裏が床から離れるときの、ぺったぺったと餅をつくような音がやけにみずみずしく、生命力のちがいを突きつけられた気がした。

江口は、自分の子供時代を思い起こした。人口五〇人ちょっとの集落に江口を知らない者はおらず、末は博士か大臣かともてはやされたものだった。小学校は村の中心部の道道《どうどう》沿いにあり、集落からは山道を一時間ほど下らなければならなかったが、朝早くから農作業に精を出す年寄りたちが「いってらっしゃい」「気をつけてな」「しっかり勉強してこいや」などと江口を見送ってくれ、帰りも「おかえり」「腹へってないかい？」「学校どうだった？」と、畑やあぜ道から声をかけてくれた。のどかな集落を囲む木々が燃えるように染まるのは、ちょうどいま時分だ。

なつかしい風景が、テレビのなかの湖にすりかわった。とたんに心臓が嫌な音をたてはじめる。

「キミは……」と、牛乳をコップに注ぐ純矢に話しかけていた。

「……キミは、山のなかの湖を覚えてないか？　このあいだテレビで紹介していた湖だ」

「ああ」

「覚えてるのか？」

「旅番組でしょ？　僕が生まれる前のことだけど、母親があの湖の近くの町に住んでたんだって」

純矢が告げた町は、江口が生まれ育った村からいちばん近い町で、「椎茸の町」というキャッチフレーズがついている。

「いまもそこにいたりして」

純矢は投げやりにつぶやき、「父親もいるかもね」と手の甲でくちびるをぬぐった。

そういえばこの子はあの女の親戚らしいが、なぜこの家に預けられているのだろう。親はどうしたのだろう。ちらりと疑問に思ったが、なにか事情があるのだろうと簡単に結論した。

純矢は大袋に入ったロールパンを二、三個ほおばると、ランドセルを肩にかけて出ていった。いってきます、と純矢は言わなかったし、いってらっしゃい、と江口も言わなかった。

江口は外に出た。目の前を横切る防風林の紅葉が目に飛びこんできた。

瞳に映るのはどこかぼやけた橙や黄だったが、視覚とは別の感覚であざやかな色合いを見つめていた。左側に目を向けると、黒いランドセルをかついだ純矢が防風林を避けるように距離を取り、うつむきながら足早にバス通りへと向かっている。その後ろ姿を江口は追いかけた。そのときはまだ、自分がなにをするつもりなのかわかっていなかった。

いってらっしゃい。気をつけてな。しっかり勉強してこいや。そう言う代わりに、「お、おい、ちょっと待て」と声をかけた。

純矢が足を止めて振り返る。眉をひそめ、怪訝《けげん》な表情だ。

「一緒に行かないか」

つるりと滑りでた。

「どこに？」

「湖。山のなかの湖だ」

純矢は思案顔をしたのち、「学校は？」と聞いてきた。

「休めばいい」

そう答えたら怒った口調になった。


椎茸の町は、札幌から高速バスで二時間の距離にある。

JR駅前の小さなロータリーでバスを降りた純矢は、周囲をさっと見まわし、「大企業はなさそう」と落胆した声を漏らした。

三角屋根の小さな駅舎。駅舎の背後には収穫後の畑が広がり、その向こうに山が連なっている。市街地側には、地元特産品の直売所、パン屋、和洋菓子店、個人病院、食堂が並び、道路沿いに「椎茸の町へようこそ」と書かれたのぼり旗が立っている。

江口の生まれ育った集落は、ここからバスを乗りかえて四〇分ほどだ。時刻表を見ると一時間に一本しかなかったが、次の発車時刻は運よく一〇分後だった。

「なんだ、またバスか」

純矢がつぶやいたが、聞こえないふりをした。

どうやら純矢は列車に乗ることを期待していたらしい。そして、あわよくば駅弁を食べようとしていたふしがある。

ＪＲで来ることもできたが、江口は運賃の安い高速バスを選択した。持ち金は娘に借りた二万円の残りしかなく、いまは一万円札が一枚と千円札が四枚、それに小銭があるだけだ。

田んぼと畑しかない村へ向かうバスなのに、バス停には帽子をかぶりリュックサックを背負った中年女が三人並び、かん高い声で膝痛やサプリメントについてしゃべっている。バスの乗客は江口と純矢、三人の中年女のほか、八〇前後の老婆だけだった。江口は何度も老婆に目をやったが、知った顔ではなかった。

江口が生まれ育った集落を訪れるのは中学卒業以来だから、ほぼ五〇年ぶりだ。あのときの年寄りがいまも存命しているわけがないという事実に、江口は胸をひと突きされた。

バスは村の中心部を過ぎ、山道を上っていく。両側に林が続き、ときおり民家と畑が現れる風景は、この地に住んだことのない人間にとっては五〇年前とさほど変化がないように感じられるだろうが、それでも道路は舗装され、家々は新しくなり、その反面、廃屋が目立つことに江口は気づかずにはいられなかった。

老婆が下車したのは、五〇年前にはなかった病院前だった。江口たちを含めた残りの乗客は、終点の湖畔で降りた。

湖を見おろすなだらかな山々はすでに紅葉が終わりかけ、焦げた色へと変わりはじめている。波のない水面は空よりも濃い青を孕《はら》み、山々を鏡のように映している。冷たく静かで、死んでいるような湖だった。

「やだ、もう紅葉終わってんじゃないのよう」「テレビで観たときは真っ赤だったのに」「なんも観るとこないっしょ」

中年女の騒ぐ声が、江口には厚い膜を隔てた向こう側から聞こえた。

山はところどころが削られ、土が剥きだしになっている。湖畔の右側には公園が整備され、あずまやがある。江口が立っているのは展望台を兼ねた駐車場で、車が一台とバイクが二台停まっている。

江口には見覚えがあった。らくだのこぶのような山の連なりに。公園で存在感を示すアカマツの巨木に。展望台に設置された石碑の「愛沢」の文字に。もっと言うなら、晩秋の薄青の空に、頬に感じる空気の冷たさに、鼻孔を刺すかすかな焦げくささに。

足もとがうねりながら持ちあがり、頭のてっぺんが押しつけられる感覚に、江口はめまいのなかに投げだされる。まるで天と地がゆるやかにひっくり返ろうとするようだった。目の前に広がる湖の底から現れる光景がある。

おさ坊。修っち。修ちゃん。

呼ばれた気がしたが、空耳だと自覚していた。

「僕、湖ってはじめて見た」

すぐ横で純矢が言い、案内板を読みあげる声が続く。

「あ、い、ざ、わ、だ、む、こ」

愛沢ダム湖。

江口が生まれ育った愛沢地区が、このダム湖の底にある。集落が沈められたことを、江口は知らなかった。

神童ともてはやされた。褒められ、かわいがられ、ちやほやされた。どこへ行っても声をかけられた。まるで集落に暮らすすべての人に見守られているように。

実際、見守られていたのだった。

幼くして両親を亡くした江口は、叔父夫婦に引き取られた。叔父は酒乱で、叔母は子供ふたりを連れて出ていった。酒を飲まないときの叔父は家畜のようにおとなしく、酒を飲むと天狗の目になって江口を殴った。

女房が出てったのはおまえのせいだ。兄貴と同じ目で俺をばかにしやがって。勉強ができるからってえらそうに。みんなで俺をこけにしやがって。叔父の言い分はいくらでもあった。長老が叱りつけると、へこへこ頭を下げ、もう二度と殴りませんと約束したが、酒を飲むと自分の言い分以外のすべてを投げ捨てた。その繰り返しだった。

中学校を出るまで江口は集落の年寄りたちに守られた。怪我をしていないか、昨晩は殴られなかったか、きちんと食べているか、風邪はひいていないか。江口を見かけるたびに声をかけ、ようすを確かめてくれた。おさ坊は神童だ、村いちばんの秀才だ、末は博士か大臣だ。そんな言葉で、江口の心が折れないよう力づけてくれた。

たしかに江口は勉強ができたが、高校へ行く金銭的余裕はなかった。江口を進学させてくれたのは、中学校の担任だった。江口は集落を下り、村の中心部にある担任の家から高校に通った。それ以来、一度も集落には帰らなかった。高校を卒業し、奨学金で札幌の大学に進むと故郷はますます遠くなり、帰る意味も思い出す必要もない場所になった。

江口の瞳に湖の深い色が入りこみ、体の内で少しずつ水位を上げていく。

俺もとっくに沈められたのではないか。集落とともに。あのやさしい年寄りたちとともに。深い水の底で何十年ものあいだ眠っているのではないか。

薄青の空も、ちぎった和紙のような雲も、らくだのこぶに似た山稜も、好き勝手に枝を広げるアカマツも、陽光の届かない湖の底から見あげている感覚だった。

すべてが夢だったのだ、と江口は思った。七星乳業で働いた日々も、結婚し子供をもうけたことも、社長と呼ばれていい気になっていたことも、会社も家もなくし路上生活者になったことも、記憶だと思いこんでいるなにもかもが一瞬の夢、手を叩けば消えてしまう泡にすぎなかったのだ。

おさ坊。修っち。修ちゃん。

はっと顔を向けると、少年のまっすぐな視線とぶつかった。その黒い瞳に、ひとりの老いた男が映っている。

「吸いこまれそうって言ったんだよ」

「吸いこまれる？」

「こうやって見てると、吸いこまれそうっていうか、飛びこみたいっていうか、なんか変な気持ちになる」

「俺もだ」

そう答えると、純矢は意外そうな顔つきをした。

「大人なのに？」

「大人だからだ」

くしゅん、と純矢がくしゃみをした。

「行くか」

江口は柵から手を離そうとしたが、意に反して柵を握りしめたままでいた。

「もう行くの?」

「見るところなんてないだろう」

「せっかく高いバス代かけて来たのに、すぐ帰るなんてもったいないよ。こんなきれいなとこ、めったに来られないよ」

昔はもっときれいだったのだ。春は菜の花とたんぽぽが大地をあざやかな黄色に染め、緑きらめく夏はあっというまに過ぎ、秋は黄金色の稲穂が風に揺れ、山々は美しい紅葉に染まった。そして、冬の訪れとともに集落は真っ白な静寂に包まれる。

そのきれいな場所と時間が、いまは湖の底に沈んでいるのだ。言おうかどうか江口は迷った。迷っているあいだに言う気が失せた。


一時間後のバスで椎茸の町まで戻った江口と純矢は、駅前の食堂に入った。昼どきをとうに過ぎたせいか客はひとりもおらず、店主がひまそうにテレビを眺めていた。

「いいの?」

純矢がテーブル越しに小声で聞いてくる。

「なにがだ」

「好きなもの食べていいの？」

「あ、ああ」

「いくらまで？」

「ん？」

「いくらまでならいいの？」

江口は下敷きのようなメニューをざっと眺め、一〇〇〇円以上の値段がないことを確認した。

「いくらでもいいから好きなものを頼みなさい」

純矢はいちばん高いカツカレーの大盛りを選び、江口は酢豚定食にした。

純矢が店主に声をかけたのは、ふたりとも米粒ひとつ残さず食べ終えてからだった。

「おじさん、森見カレンっていう人知りませんか？」

カウンターの端に座っている店主は、「森見？」と首をかしげた。

「森見カレン。もしかすると、勝子かもしれないんですけど。森見勝子」

店主は、森見、森見、と口のなかで転がしたが、心あたりはなさそうだった。江口の見立ては当たり、「ちょっとわかんねえなあ」と返ってきた。

「誰なの、その森見って人」

「僕の母親なんですけど」

「母親って……」

「まあ、母親はどうでもいいんですけど、父親は誰なんだろうって」

「誰って……」

「名前も知らないから探せないんです」

店主は助けを求めるように江口を見た。が、江口もまたはじめて聞く話だった。つまりこの子は生まれたときから父親がおらず、母親に捨てられたということだろう。だからあの家で暮らしているのだ、と結論づけた。

「この町に大企業ってありますか？」

純矢はいきなり話題を変えた。

「大企業って……」

さっきから店主は短いフレーズを繰り返すだけになっている。大企業に縁のなさそうな彼は、「工場くらいかなあ、トイレットペーパーの。あとは農協か信金か」とどこか申し訳なさそうに答えた。

「じゃあ、公務員は？」

「そりゃ公務員くらいは役場にいるけどさ」そこで店主は言葉を切り、「もしかしてボクのお父さん、この町で働いてるのか？」と身をのりだした。

「いえ、そういうわけじゃ……」

純矢は口ごもり、それ以上の説明をしようとはしなかった。

店を出てまもなく、純矢が「こんな町かあ」とつぶやくのが聞こえた。

江口は、もし自分がこんな町のあんな食堂の店主だったらどんな人生だっただろう、と想像した。吹けば飛ぶような日々の営みのなかにも、それなりに喜びややりがいがあるのだろう。が、それがどういう類のものなのかは測り兼ねた。どのみち自分には関係のないことだ。もう二度とこの町に来ることもなければ、あの食堂に行くこともない。

その五時間後、途方に暮れていた江口に声をかけたのは食堂の店主だった。

江口と純矢は、駅前のロータリーにいた。陽が落ちてから急速に気温が下がり、夜の八時を過ぎたいまは吐く息が白く、強い風が吹きつけるたび鳥肌が立った。

札幌に向かうバスもＪＲも、最終便はとうに出ていた。駅舎は無人らしくなかに入ることができず、ビジネスホテルか旅館はあるだろうか、あったとしても金はたりるだろうか、と江口は考えていた。

「ごめんなさい、僕のせいで」

珍しく殊勝に純矢が言う。

最終便に乗り遅れたのは、純矢の父親探しにつきあったためだ。まずは役場を訪ね、農協と信金、トイレットペーパーの工場、スーパーマーケット、不動産屋までまわった。しかし、ひまをもてあましたやつらに昔話や自慢話を聞かされただけで、収穫はなかった。

「僕がちゃんと時間を逆算して行動すれば、こんなことにならなかったのに」

いや、と反射的に出た江口の声は気弱だった。

そのとき声をかけられたのだ。

「あんたら、どうしたの？　もしかして乗り遅れたのかい」

店主は、汚れのついた白い調理服のままだった。ちょうどいい具合に純矢の腹がきゅるるっと鳴った。

ひとり暮らしだという店主の住まいに泊めてもらえることになった。といっても食堂の二階だ。店じまいをした店内で、五目ラーメンをごちそうになった。

「で、見つかったのかい？　ボクはお父さんを探しに来たんだろ？」

カウンターで焼酎を飲んでいる店主が声をかけてきた。

「見つかりません。でも、別に期待してなかったから」

「じゃあ、お母さんかい？」

「え」

「ボク、ほんとはお母さんを探しに来たんじゃないのかい？」

純矢はからになったどんぶりに目を落とし、しばらく黙っていた。やがて、「わかりません」と吐きだした。

「なんか途中から自分がなにやってるのかわからなくなって……」

うつむいたままそう続けた。

「そうかい。コーラでも飲むか？」

「いいんですかっ」

人格が変わったようにぱっと顔を上げる。

「でも、まあ、おじいちゃんがいるからいいよな」

のん気な店主に、江口も純矢も曖昧にうなずく。説明するのが面倒なのは小学生でも同じらしい。

一〇時を過ぎ、純矢は店主に連れられ二階へと上がっていった。

ひとりになった江口は気兼ねなく店内を見まわす。テーブルが四つあるほか、カウンターが五席。調理場の鍋やフライパンはどれも使いこまれ、積みあげられた皿やどんぶりは安っぽいものばかりだ。年季の入った冷蔵庫と石油ストーブ、昭和を感じさせる水色の換気扇。壁も天井もうす汚れたこのわずか一〇坪ほどのスペースで完結する人生。それがあの男のすべてなのか。そう考えると、会社や家を失った自分のほうがまだましなのではないか、という優越感が滲みだした。

階段を下りてくる足音に気づき、江口は居住まいを改めた。

「焼酎でも飲むか？」

店主に聞かれ、めったに酒を飲まない江口だが、「いただきます」と答えていた。

焼酎のお湯割りを受け取ったとき、ふと、自分と同世代に見えるこの男に、自分の人生を語ってみたくなった。世界の中心が一〇坪の店であるこの男なら、七星乳業の社員だったことも、責任を取らされ退職したことも、イベント会社の社長になったことも、会社も家も失ったことも、路上で生活したことも、広大な世界で繰り広げられたドラマチックな出来事として受けとめ、感動し、羨望するような気がした。

焼酎のお湯割りをちびりちびり舐《な》めながら江口は、自分がいますべてを失い、他人の家に居候していることまでを正直に告げた。ただ、湖の底に沈んだ集落の出身であることと、歌子に拾われた経緯については口にしなかった。

「生きてるといろいろあるよなあ」

そうつぶやいた店主に、一〇坪で完結するおまえになにがわかる、と江口は思った。もっと素直に驚嘆し、すごい経験をしたんですね、とでも言えばいいのに。

「いくつ？」と聞かれ、「六七だ」と答えると、店主の鼻の下に笑みが浮かんだように見えた。

「おたくは？」

「俺は七〇になったよ」

「この店はもう何十年も？」

興味はなかったが、惰性で訊ねた。

「店は長いけど、俺が引き継いだのは四、五年前かな。それまでパイロットやってたから」

「パ、パイ？」

「パイロット。操縦士、航空機の」

そう言って店主は、大手航空会社の名前を口にした。

「六〇で定年になって、そのあとアメリカの航空会社で飛んで、そこを辞めてから親戚のこの店を引き継いだんだよ」

江口は言葉が出なかった。頭も働かなかった。

「なんで……」

気がついたら、そんなことを口走っていた。

「なんでこんなちんけな店をやってるんだ、ってか」

素直にうなずいてしまった。

店主は奇妙にやさしく、それでいてどこか憐れむようなまなざしだ。やがて、「変わんねえなあ、おさ坊は」と苦笑した。

「え」

「おまえ、おさ坊だろ」

「ななな」

知らず知らずに江口はのけぞり、椅子から転げ落ちそうになった。

「ガキんときからちっとも変わってないからすぐわかったよ。だけどよ、おまえは俺のこと覚えてないだろ。つーか、最初から覚える気なかっただろ。おさ坊、おまえ、誰のこと覚えてる？　覚えてるやつがひとりでもいるか？」

江口は答えられなかった。頭をフル回転させているつもりなのだが、引っかかるものがなにもない。

いってらっしゃい、気をつけてな、と声をかけてくれた年寄りたち。いや、年寄りたちだけではなく、小学校や中学校の同級生たちも、天狗の目で江口を殴った叔父も、まるではるか昔に見た風景の一部のようで、はっきりと立ち昇る顔はひとつもなかった。

「集落の年寄り連中は、おさ坊が立派になって帰ってくるのを楽しみにしてたよ。俺の親父も、いつかおまえが顔を見せに来るだろうと待ってたよ。けど、一度も来なかったな。ずいぶんつらい思いをしたことは知ってるさ。だけどよ、そんなにあの村が嫌だったか？　親切にしてくれた人たちもたくさんいたじゃないか。札幌の大学に行ったとたん、そういうのもみんな忘れちまったのか？」

そう言われてもまだ、江口には店主の正体がわからないのだった。

「いや、そうじゃねえな。おさ坊は最初からなにも見てなかった。誰のことも見てなかった。自分の殻に閉じこもって、自分のことしか見てなかったんだよ。だから余計にみんな、おまえのことを心配したんだ。ずいぶんえらくなったみたいじゃねえか、えらくなったのに、ぜんぶなくしたみたいじゃねえか。俺たちの心配どおりになっちまったみたいだな。一緒に来たあの子も孫じゃないんだってな。さっき聞いたよ」

恐ろしかった。自分の知らない自分が、なにかとんでもないことをしでかしたのではないかという気がした。たとえば町を根こそぎ破壊したような、たとえば巨人になって人々を踏みつぶしたような。いや、そうじゃない。あの集落を湖に沈めたのは自分なのではないか、と一瞬、江口は本気で思った。

「親父は定年前、五七のときに逝ったよ。定年後はそば屋をやりたいって言ってたのにな。この店は親父の弟がやってた店だ。おさ坊、おまえも何度か連れてきてもらったことがあるはずだぞ」

　そう言われても覚えはないのだった。

「まだわからないか？　おまえ、俺の実家で三年も暮らしただろう。俺は家を出たあとだったけど、それでも何回も会ったぞ」

「まさか……」としか言葉が出ないのは、高校に通わせてくれた恩人の名が抜け落ちているからだ。

「……中学校の担任の」

　なんとか言葉をつないだが、それ以上は無理だった。

「名前は飯塚《いいづか》。飯塚先生。俺はその飯塚先生の次男だ」

　江口の脳裏に、目にしたばかりの湖がくっきりと浮かんだ。

　やはり俺が沈めたのだ。やさしい年寄りたちを、美しい風景を、他人に助けられながら過ごした子供時代を、そして自分自身さえも。

　ゆるやかに巡る酔いのなかで、江口はそんなことを考えた。

翌日の昼前に帰りついた江口と純矢を待っていたのは、太助の大喝《だいかつ》だった。

「なにやってたんですかっ。どこ行ってたんですかっ。なにやってたんですかっ」

語彙《ごい》が乏《とぼ》しいのだろう、太助は顔を真っ赤にして同じ科白を繰り返した。

「学校から連絡くるし、ランドセルは置いてあるし、帰ってこないし、もう少しで警察に連絡するところだったんですよ」

無視して居間に入ると歌子が視界に飛びこみ、あう、と江口の喉が鳴った。

「どうも、すみませんでしたー」

純矢がふざけた態度で歌子に頭を下げた。

江口は歌子と目を合わさないよう洗面所へ行き、手を洗った。疲れてはいるが、すぐに散歩に出かけようと決める。

「やっぱ公園にも防風林にもいないみたいっすねー」

やけに威勢のいい声に首をねじると、知らない男が居間に入ってきたところだった。スキンヘッドに黒いサングラス、虎の刺繍《ししゅう》のジャンパー。「チンピラ」以外の呼称が思いつかない。

「って、あれ、帰ってきたのかよ」

男はすっとんきょうな声をあげた。

「なんでウサギがいるんだよ」

純矢の驚いた声。

「おまえな、年上のおにいさまを呼び捨てにすんなよ」

「なにがおにいさまだよ。鯉の絵の変なシャツ着てたくせに。てか、なんでここにいるんだよ」

「鯉の絵のシャツだって。すご」

歌子がつぶやく。

「歌子さん、ちがうんすよ。鯉は鯉でもかっこいい鯉なんすから」

「それより純矢くん、どこに行ってたの？　ほんとに心配したんだよ」

太助が口を挟む。

「そうだよ、おまえ、歌子さんに心配かけやがって。どこ行ってたのか言えよ。ほら、とっとと白状しろよ」

「もうあやまったよ」

「あやまってすむなら警察はいらないって、学校で習わなかったか？」

うるさい連中に気づかれないよう江口は居間をそっと出た。

昼の散歩コースである大型ショッピングセンターに行くため防風林を抜けようとすると、

自転車を押した中年女がすれちがいざま「こんにちは」と声をかけてきた。いつもは無視する江口がとっさに「こ、こんにちは」と返したのは、自転車の前かごに薄茶色のチワワが乗せられていたからでも、女の笑顔がひとなつこかったからでもない。後ろの荷台にくくりつけられたドッグフードが目についたからだ。

江口は振り返った。女が見えなくなってもしばらくそのままでいた。晴れ渡っているのに、なぜか冷たい水のにおいを感じた。

あの集落とともに湖の底に沈んでいる感覚を振り払うことができない。その感覚は不思議と魅惑的で、だからこそ受け入れることに恐怖があった。受け入れた瞬間、決定的な烙印《らくいん》を押される気がした。弱者としての、負け犬としての、落伍者《らくごしゃ》としての。

そこまで思ったとき、自分にも死のうと決意したことが一度だけあったのを思い出した。それは路上生活最後の夜だった。朦朧《もうろう》とした頭に、突如その考えが閃《ひらめ》いたのだった。ただひたすら痛みに耐えつづけた江口にとって、その考えは天から落ちてきた贈り物のようだった。

もう終わりにしよう。

ひさしぶりに路上から顔を上げると、「天然温泉」「お食事」「マッサージ」「日帰り歓迎」といった文字が目に飛びこんできた。ホテルの看板だった。天国へといざなわれている気がした。所持金を確かめると七〇〇〇円と少しあった。

まず温泉に入り、食事処で生ビールを飲みながらちらし寿司とそばのセットを食べ、休憩室でうたた寝してからもう一度温泉に入った。湯あたりした状態で温泉から上がると妙に喉が渇き、枝豆をつまみながらまた生ビールを飲んだ。何杯飲んだか覚えていないが、酒に弱い江口が酔っぱらうまでさほどの量は必要なかった。マッサージでもやってもらうか、と思いついたのは江口には珍しい遊び心だった。マッサージ師が無愛想な太った女で損をした気分になったが、腕はかなりのものだった。はじめて味わう快楽が酔いに加わり、まるで薬を打たれたかのように深い眠りに落ちた。

目が覚めたとき、どれほどの時間がたったのかわからなかった。自ら起きたのではなく、強制的な目覚めだった。

「お客さん、起きてください」

ぶっきらぼうな声。

江口は下半身に異変を感じた。とうに忘れたはずの感覚に、まさか、と頭が真っ白になった。しかし、まちがいない。

「これに着替えて風呂に入ってきてください」

寝小便をした江口に対し、太った女は鍛え抜かれた軍人のようにどこまでも冷静だった。

「ち、ちがう、俺は」

江口は上半身を起こし、寝小便とその目撃者から逃れようとした。

「ちがうんだ、俺は。ほんとうの俺はこんな人間じゃないんだっ」

絶叫した気がする。

「ほかのお客さんに迷惑ですから静かにしてください」

女の顔には、嘲笑も嫌悪もなかった。

風呂に入って帰ったほうがいいと言われ、江口は口走った。

「俺には帰る家はないっ」

それでも女は無表情を崩さなかった。

その無表情に安心したのか、それとも突き崩したかったのか、江口は「帰る家はないっ」と繰り返した。

あの夜を鮮明に思い返しながら、帰る家はない、と江口は胸の内でつぶやいた。防風林を背に歩きだすと、一歩ずつ踏みだしたそのかかとから水に浸かっていく錯覚がし、自然と早足になった。

ショッピングセンターに着いたときには呼吸が荒くなっていた。

いつものように一階のスーパーマーケットに直行し、乳製品の陳列棚の前で足を止めた。

「牧場便りのななほし牛乳」は瓶入りのノンホモ牛乳だ。ひとつ左の棚には、同じく瓶入りの「牧場便りのななほしヨーグルト」。七星乳業の名前が残っている乳製品はこのふたつだけだ。詳しい経緯は知らないが、本州資本の乳業メーカーが、根強い人気を誇るふたつの商品を買い取ったのだろう。

江口は毎日ここに来て、商品がどれだけ売れているか、瓶に傷や汚れはついていないか、蓋に不自然な穴はあいていないかなどをチェックしているのだった。

なにも買わずにスーパーマーケットを出て、同じ敷地内にあるホームセンターへ向かうのも日課どおりだ。目的の場所はペット用品コーナーだ。

ドッグフードの棚の前で店員が品出しをしていた。

「いらっしゃいませ」

顔を上げて笑いかける彼に、江口は曖昧なうなずきを返した。

チワワを乗せた自転車の荷台にあった商品が目の前に陳列されている。あの中年女はおそらくここで購入したのだろう。「北の幸シリーズ」のドッグフード。ラム肉、鶏肉、ダック、えぞ鹿、鮭の五種類がある。江口が七星乳業にいたときは三種類しかなかった。

江口は、ペット産業への参入を提案したことで社長賞をもらったことがある。最初の集団食中毒事件の三年前だ。実際の業務はプロジェクトチームが引き継いだが、プロジェクトチームの起ちあげもまた江口によるものだった。北海道のクリーンさと原料の新鮮さを前面に出し、安全・安心を強調したドッグフードは、他商品と比べて高価格ではあったがヒットした。牛乳とヨーグルトと同様に、いまは別の会社の商品として販売されている。

「犬ですか？」

店員に話しかけられ、江口は目をやった。

「よくお見かけするので、どのフードがいいのか悩んでらっしゃるのかなあと思って」

店員は屈託がない。

「あ、ああ。そうだ、子犬だ。最近、飼った」

とっさに答えたとき、なぜだか小生意気な少年の顔が浮かんだ。

「犬種はなんですか？」

「雑種だ」

「かわいいですよね」

「そうでもない」

店員が笑う。

「うちにはゴールデンレトリバーとキャバリアがいるんですけど、ゴールデンにはこれ、キャバリアにはこれを食べさせてます。食いつきいいですよ」

店員が指さしたのは、「北の幸シリーズ」のラム肉と鮭だった。

これは俺が世に送りだしたんだ——。胸を張り、そう言いたかった。しかし、言えなかった。人生のピークだったかもしれないあのころが、湖中で揺れる影のようにはかなく不確かなものに感じられた。

ホームセンターを出ようとし、なにげなく目をやった掲示板が気になった。店のイベントや売り場変更の案内のなかに、パート募集の貼り紙がある。

ペット用品コーナー担当で、週に三、四日の勤務が可能な方とあり、最後に年齢不問と書いてある。江口は、貼り紙に一歩近づいた。自分が問い合わせ先の電話番号を暗記しようとしていることに気づき、驚き、あきれ、苦笑した。

第三章　冬

大晦日の栗きんとん

早乙女美留久《さおとめみるく》がその女を見るのは二度目だった。

地下鉄の先頭車両の座席に、どっかと座っている。別にふんぞり返っているわけでも大股開きをしているわけでもないのに、その存在感と重量感は「どっか」という表現が的確だった。前に見かけたのは夏だから、半年ぶりだ。それでも、その女のことははっきり覚えている。なにしろ地下鉄の出口まで追いかけたのだから。

いま、美留久の斜め前に座っているその女は、どピンクの革ジャンにジーパンとブーツで、膝にのせたバッグは赤と黒のヒョウ柄だ。バッグに両手をのせ、背もたれに上半身を預け、足は少し開いている。まるで高級ソファに座っているかのように堂々としたさまは、片手にワイングラスを、片手に羽根のついた扇を持たせたいほどだ。

それに比べて自分はどうだろう。できるだけ場所を取らないように両肩を狭め、背中を丸め、浅く腰かけている。右隣の若い男が、くっついてくんなよ、デブ女、と罵っている気がする。左隣のOLは、どんだけ食ったらそんなデブになれるんだよ、と嘲笑《あざわら》っている気がする。ますます体が内側へと向いていく。斜め前の女が「どっか」だとしたら、自分は「びくびく」だ。同じデブなのにどうしてこうもちがうのだろう。そう思ったら、半年前もまったく同じことを思ったのだと気がついた。

美留久は太った女に敏感だった。視線が勝手に太った女を探しだすのだ。自分よりも太っているか、左の薬指に指輪はあるか、彼氏はいるのか、仕事はしているのか、どんな仕事か、ファッションセンスは、洋服のサイズは、心から笑えることはあるのか、瞬時に分析せずにはいられなかった。

半年前もそうだった。

いまと同じように終電近い地下鉄の先頭車両だった。乗った瞬間、美留久の目はその女にピントを合わせていた。

女は、胸もとに鋲《びょう》がついた黒いぴちぴちのタンクトップを着ていた。スイカのような乳房と、つきたての餅を重ねたような三段腹は、布に隠れている分、想像力が働いてやけに生々しく見えた。滴《したた》る汗を飲みこむ胸の深い谷間、いまにも弾けて甘い汁が飛び散りそうな二の腕、ミニスカートから突きでた生足は正視できないほどの迫力だった。

それなのに、女は平然とした顔つきで体のすみずみを晒していた。披露していると言いかえてもいい。空気を入れすぎたゴムボールのような顔だが、目も鼻も口も贅肉に埋もれてなく、素顔に塗った真っ赤な口紅が目立った。美留久は、なぜだか自分にしかその女が見えていない錯覚に陥った。女が自分より太っているか、彼氏はいるのか、仕事はしているのか、どんな仕事か、心から笑えることはあるのか、まるで見透かすことができなかった。ただ、どの指にも指輪がないことだけは確認できた。

終着駅で降りた女を無意識のうちに追いかけ、エスカレータに乗り、改札を抜け、地上へと続く階段を上った。左右に揺れる女の尻がやわらかな爆弾のように見えた。

「歌子さん」

地上に出た女を迎える声があった。

三〇前後の男だった。Tシャツとジーパンというシンプルな恰好をしていたが、自分の体形と雰囲気にぴったり合うよう厳選されたものに見えた。美留久が苦手とする、いわゆる「いい男」の部類だった。

「なにさ」

女は無愛想だった。

「迎えに来たんだよ。歌子さん連絡くれないから、俺、一時間も待っちゃった」

男は甘えた口調でにこにこと告げた。

「忘れてた」

「ひどいなあ」

「あたし、疲れてるんだよね」

「じゃあ、送っていく。それだけならいい？」

男は路肩に停めた車の助手席に、女をうやうやしく乗りこませた。助手席に座った女のふてぶてしい横顔を見たとき、頭がかっと熱くなった。何様だよ！　と怒鳴りつけたかった。男に迎えに来てもらって！　一時間も待たせて！　それなのになんだよその態度は！　デブのくせにデブのくせにデブのくせに！

今日もあのときの男が待っているのだろうか。そう考えると、確かめずにはいられなかった。

美留久は、地下鉄を降りた女を追いかけた。その足がぴたりと止まる。

女を呼びとめた人がいた。美留久からは後ろ姿しか見えないが、男であることはまちがいない。フードのついたミリタリーコートとダメージジーンズ、斜めがけしたボディバッグには人気ブランドのロゴがついている。かなり若そうだ。二〇代、もしかしたら大学生かもしれない。

絶対に確かめたい――。美留久は、向かいあうふたりへゆっくり近づいた。

「地下鉄のなかでなんか気になって」

男の声が耳に飛びこんできた。

追い抜きざまに目をやると、後ろ姿で判断したとおり男は大学生に見えた。

「たぶんひとめぼれだと思います」

驚きのあまり自分の体が一〇センチくらい飛びあがった気がした。とっさに柱の陰に隠れる。ふたりから二メートルほどの距離だ。

「あの、つきあってもらえませんか？」

女の返事は聞こえない。

「あの、彼氏とかいるんですか？」

「いる。三人ほど」

えっ。こめかみに自分の声が響く。

「いいです。僕はそれでもいいです」

は？　いいってどういうこと？

美留久は、自分が自分からあふれていく感覚に陥った。体のなかでぎりぎり表面張力を保っていた液体がどろりとこぼれ、二メートル離れた女に向かってアメーバのように広がっていく。いつからか美留久の内に溜まっていった妄想と羞恥、自己嫌悪と自尊心でできた自意識の液体だ。

「四人目でもいいですから」

「いいならいいけど」

女の声には驚きも喜びも照れもない。まるでよくあるシチュエーションとでもいうように。

キミのことが気になって——。

ひとめぼれだと思う——。

僕とつきあってください——。

それは、美留久が抱きつづけた妄想のなかの言葉だった。ときに体育館の裏で、ときに銀杏《いちょう》が色づく公園で、ときに夜景を見おろす車のなかで、男たちがせっぱつまった表情で告げるのだった。彼らは、現実に片思いをしている先輩や同級生だったり、アイドルだったり、空想でつくりあげた男だったりした。

「もしよかったら、これから軽く飲みに行きませんか？」

男の口調は遠慮がちだったが、まっすぐな情熱が感じられた。

「行かない」

「じゃあ、いつ会ってくれますか？」

「わかんない。あたし、忙しいんだよね」

「電話とかラインとかしてもいいですか？」

柱の陰からのぞく美留久の前で、ふたりはスマホで連絡先を交換している。男の上気したなめらかな頬を見て、まさか高校生ってことはないよね、と美留久は恐ろしさを覚えた。

連絡先の交換が終わったらしく、女は男に背を向けた。置き去りにされた男の口が、あ、あ、と動く。

「電話っ、電話しますからっ」

女は返事をするどころか、振り返ることさえしなかった。

ドッキリじゃないの？　罰ゲームじゃないの？　わらわらと若い男たちが出てきて、あのデブ本気にしてたぜ、と手を叩いて大笑いするんじゃないの？

そうであってほしいと強く願ったのに、若い男たちが現れることはなかった。スマホを握りしめた男はのぼせた顔で女を見送ると、跳ねる足どりで折り返しの地下鉄に乗りこんだ。

美留久は急いで女を追いかけた。エスカレータをどすどす駆けあがり、改札を抜けたが、どピンクの革ジャンは見えない。階段を上るときにはすでに息切れがし、上りきったときには厳冬の夜にもかかわらず、ひたいにうっすらと汗が滲んでいた。

外に出ると、バス停に並ぶ女を視線が捕まえた。あの体形にあの恰好だから、探す前に見つけられる。美留久が暮らすのはここから徒歩一〇分のアパートだが、バスを待つ列に並んだ。

それにしても、どピンクの革ジャンなんて人目を引くものをどうしてその体で選べるのか。美留久の恰好は、膝上までの黒いオーバーとストレッチの効いたジーパン、バッグは黒いナイロン製だ。三つ前にいる女を観察する自分の目がおどおどしているのに気づき、自分自身と女に無性に苛立った。

バスに乗ると女は降車ドア近くに立った。女が降りたのはおよそ二〇分後、雪をかぶった防風林の手前のバス停だった。バス通り沿いには数台の自動販売機が弱々しく発光し、離れた場所にコンビニのあかりが認められるだけで、あとは寝静まった住宅が並んでいる。等間隔に続く街路灯が、歩道の脇に積みあげられた雪を暗い橙色に照らしている。

そのバス停で降りたのは、女と美留久だけだった。さすがにこれ以上つけるのは無理だとあきらめようとしたとき、女はバス通りを渡ってすぐのアパートに入っていった。一階が車庫になったベランダのない三階建てで、まもなく三階の左側の窓にあかりがついた。

女はひとり暮らしだろう、と察しをつけた。そうであってほしいという願いを込めて。あの女はこれから冷えきった部屋をストーブで暖め、大きいサイズのフリースの部屋着に着替え、テレビを観ながら缶チューハイを飲んだりスナック菓子を食べたりし、誰ともしゃべることなく明け方近くに寝るのだ。なんだ、あたしと同じじゃないか。美留久は自分にそう言い聞かせた。

スマホに目をやると〇時を過ぎていた。あと三日で今年が終わる。

*

「なんでおせちをいま食べるんですかっ」

太助がすっとんきょうな声をあげた。

大晦日の夜、紅白歌合戦がはじまってすぐのことだった。

食卓には、僕、太助、江口さん、政江さん。ソファには、歌子さんとなぜかウサギがいる。

「おせちはお正月に食べるものですよっ」

太助の主張を無視して、政江さんは栗きんとんをくっちゃくっちゃと食べている。

「なに言ってんだ。おせちは大晦日に食べるものだろう」

江口さんはうすら笑いで返すと、数の子に箸を伸ばした。

僕も急いで数の子をつまんだ。数の子を食べるのははじめてだ。それから高そうな海老も取り皿にキープしておく。数の子と海老だけで一〇〇〇円くらいになったりして。そう考えると、すごく食べたいけど、食べるのがもったいない気にもなった。

　ボロ家で暮らして四か月が過ぎた。この家に来たときに四一万三二〇〇円だった僕の架空貯金は、なんと六七万四〇二〇円にもなった。でも、ほんとうはもっと儲けているはずだ。いくらになるのかわからないものもあるからだ。たとえば、江口さんと椎茸の町に行ったこと。あれは旅行として一万円の儲けにしたけど、あのきれいなダム湖を見たことはいくらにすればいいのだろう。入場料も見学料も取られなかったから、本来なら〇円でいいのかもしれない。でも、〇円にしたら、飲むヨーグルト一杯分よりも価値がないってことにならないだろうか。


「ちがいますよっ」

　太助が声を張った。おせちはいつ食べるものなのかで、まだ言いあっている。

「ちがうったら、ちがいます。大晦日には年越しそばを食べるんですよ。おせちは年が明けてからです。ねえ？」

　太助はソファのふたりに同意を求めた。

「大晦日にそばだけって、んなわけねえだろ」

　ウサギはばかにした口調だ。

「みんな、なに言ってるんですか。ねえ歌子さん、ちがいますよね」

　太助が泣きそうになってるのは、二日かけてつくった三段の重箱に詰めたふたつのおせちがあっというまに食べ尽くされようとしているからだ。

「北海道ではおせちは大晦日に食べるんだよ」

歌子さんが答えた。

「えっ、そうなの？　ねえ、純矢くん、そうなの？」

僕に聞かれても困る。いままでおせちなんて食べたことないんだから。でも、大晦日の夜にはケンタッキーとか値引きしてない寿司を食べさせてもらえることがあったから、たぶんおせちは大晦日に食べるんだろう。

「そうだよ。大晦日に食べるんだよ。そんなことも知らないの？」

堂々と聞こえるように答えた。

生まれてはじめて食べるおせちは、かまぼこ以外のものはみんな高そうだ。おせちって、デパートで買ったら何万円もするらしい。ってことは、三段のこのおせちは三万円くらいだろうか。じゃあ、これを三分の一食べたら、ひと晩で一万円も儲けることになる。僕は大急ぎで海老の殻を剥いた。

「あっ、ひとりでぜんぶ食べたんですかっ？」

太助の声にお重を見ると、栗きんとんがなくなっている。僕、まだ食べてないのに。

隣の政江さんは、平気な顔で口をくっちゃくっちゃ鳴らしている。

「政江さん、甘いもの食べすぎですよ。さっきお饅頭と大福食べたばかりじゃないですか」

太助の強い口調に、政江さんはいきなり足のつけ根を押さえた。

「あいたたたた」

「だ、大丈夫ですか？」

太助が慌てて立ちあがると、

「……と思ったけど気のせいだったわ」

しれっと答えた。

政江さんが退院したのは一か月前。いまでも杖をついている。

「ひさしぶりに食べたけど、やっぱり栗きんとんはおいしいねえ。あたしの大好物なのに、なんでこれしかないのさ」

政江さんの文句は、太助には聞こえなかったらしい。僕も面倒だから無視して海老にかぶりついた。ぷりっとして、どことなく高級そうな味だ。

「そっちのお重にはまだ栗きんとんがあるんだろ？　ちょっとちょうだいよ」

政江さんはソファのほうを向いた。

でも、ウサギがうるさすぎるせいで、政江さんのおねだりは聞き流された。

「歌子さんってワインが好きなんすね。俺は焼酎派なんすけど、ワインもぜんぜんオッケーっす。ねえ、歌子さん、今度飲みに行きましょうよ。俺、いいワインバー知ってんすよ」

早くも酔っぱらったウサギの声はいつもより耳ざわりだ。まったく相手にされてないけど、ウサギはいつどうやって歌子さんに取り入ったんだろう。彼は酒屋の「跡とり息子」らしい。ローテーブルに並んでいるお酒は、ぜんぶウサギが「自分の店」から「仕入れてきた」ものだと言っていた。

歌子さんは、ウサギのことも政江さんのことも、この家のなにもかもを無視して、スマホをいじったりテレビに目を向けたりしている。テレビからは、フレーフレーあっかっぐっみっ、というかけ声。いい歳してばかみたい。

政江さんが、だんっと食卓を叩いた。

「栗きんとんって言ってんだよっ」

驚いた太助が、「はいっ」と条件反射で立ちあがる。

僕はふたつめの数の子を飲みこめずにいた。栗きんとんでこんなに怒るなんて信じられない。人間、歳を取りすぎると駄々っ子に戻るのだろうか。

歌子さんがソファからゆっくり立ちあがった。

片手にお重を持って近づいてくると、「ほらよ」と栗きんとんをごっそりすくって政江さんの皿にのせた。

「ぜんぶやるよ」

「なんだい、これしかないのかい」

政江さんは不服そうな顔をしつつも、さっそく栗きんとんを口に入れた。

「ありがとうは？」

歌子さんが政江さんを見おろして言う。いつもどおりの無表情だ。

たぶん無視したんだろう、政江さんは「栗きんとんはいくらでも食べられるねえ」とひとりごとを言い、くっちゃくっちゃと食べている。

「ありがとうは？」

歌子さんが繰り返した。

低くて抑揚のない声。どうでもよさそうに聞こえるのに、なぜかまわりを緊張させる迫力があった。居間からさっきまでのにぎやかさが消え失せた。沈黙のなか、テレビの音と政江さんの咀嚼《そしやく》する音が響いている。

気づまりな空気を振り払おうとしたのは、意外にも江口さんだった。

「あー」

最初に口にしたのはそれだけだったけど、がんばろうとしていることは伝わってきた。

「あー、まー、今日は大晦日だし、明日は元旦ってことになるが、いや、それにしても、最近の紅白ってのは知らないやつばかりでくだらんな」

「ですよね。もう僕、アイドルなんかについていけないですよ」

太助が便乗して、あはははは、とわざとらしく笑う。

江口さんは、ダム湖に行った日から変わった。よくいえばえらそう度が低くなって、悪くいえばふぬけになった。まるで遠くへ飛んでいった魂が戻ってくるのを待っているかのようにぼんやりすることが多くなった。

その理由を太助は「仕事が決まらなかったからだ」と言った。太助は、江口さんがこっそり履歴書を書いているところを見たらしい。でも、いまだに働いてないから不採用になって落ちこんでいる、というのが太助の推測だった。まあ、太助の言うことだから、たぶんちがうだろうけど。

「ありがとうも言えねえのかよ」

歌子さんがつぶやいた。

たしかに、政江さんに「ありがとう」という言葉は似合わない。でも、歌子さんのほうがもっと似合わない。こういうとこやっぱり親子なんだな。

平然と栗きんとんを食べている政江さんから顔をそむけ、歌子さんは居間を出ていった。

すぐに玄関のドアが開閉する音が聞こえた。

「え？　歌子さん？　あれ？　もしかして出かけちゃったとか？」

ウサギが慌てて追いかけたけど、遅かったみたいだ。

「デートだったらどうしよう」

ウサギの力ないつぶやき。

でも、ちがうと思う。だって歌子さんは上下ともぴちぴちのスウェットのままだったし、いつもの真っ赤な口紅も塗らなかった。玄関のコートかけのダウンジャケットをはおって出ていったはずだから、たぶんコンビニにでも行ったんだろう。僕がそう伝えると、「だよな。うん、そうだそうだ」とウサギは声を弾ませた。

僕は二階に上がった。石油ストーブのスイッチを入れ、毛布にくるまって部屋が暖まるのを待つ。居間を出るとき、「もう寝るから」と告げた僕に、「除夜の鐘、聞かなくていいの？」と太助が聞いてきたけど、そんなの聞いたって一円にもならないのにばかみたい。それとも、お金にならなくても聞く価値はあるんだろうか。江口さんと見たあのダム湖みたいに。いや、でも、やっぱりしょせん鐘の音だからね。

ふすまが開いた。入ってきたのは赤ら顔のウサギだ。

「歌子さん、帰ってこないんすけど」

恨みがましい言い方をして、僕の前であぐらをかく。

「やっぱりデートじゃないのか、おい」

否定されるのを待っているようだったから、

「そういえば前に、これからデートって宣言して出かけたことあったよ」

と言ってやった。

「嘘だろ。いつだよ」

「忘れた。二か月か三か月前じゃないかな」

「じゃあ、彼氏いるのかな。歌子さん、もてそうだしなあ」

ぷっ、と噴きだしてしまった。

「なに笑ってんだよ」

「もてそう、って歌子さんが？」

「ほかに誰がいるんだよ」

「だってデブだし、すごい服着てるし、むっつりしてるし、おばさんだし、あんなのがもてるわけないよ」

「なんだかんだいってもお子ちゃまだな、おまえは」

「労働の義務を果たしてないウサギに言われたくないよ」

「何度も言うけど、ウサギじゃなくウサギさんと呼べ。いくつ年上だと思ってんだよ」

ウサギは僕の鼻に人差し指を突きつけて、「ポセイドン」と宣言するように言った。真面目くさった顔つきだけど、意味がわからない。

「ポセイドン？」

「ばか、ちげーよ。母性だよ、って言ったんだよ。ぼ、せ、い」

ああ、と答えたけど、それでもまだわからない。

「あのあふれでる母性、お子ちゃまにはわかんねえだろうなあ。叱られたくなるんだよなあ、そのあとやさしくされたくなるんだよなあ」

「変態？」

「変態じゃねえよ。男のサガだよ、サガ。俺のすべてを受け入れて赦《ゆる》してくれそうな気がするんだよなあ。母なる大地って感じ？　いや、海かな」

「じゃあ、カレンは？」

「あ？」

「母性あふれてた？」

「まあ、あふれてはいなかったな」

「じゃあ、どんな感じ？」

「そうだな。酒好きっていうか、ノリがいいっていうか」

「もてた？」

「いや」

即答だ。

「だよね」

「悪いな」

「いいよ」

「いいやつなんだけどな」

「嘘つかないでよっ」

思わず出たとがった声に、ウサギが怯《ひる》んだ。

「怠け者だし、嘘つきだし、自分が酔っぱらって吐いたゲロは僕に始末させるくせに、僕が風邪で吐いたときは、やだーきたなーい、って逃げるし、平気で子供を捨てるし、そんな女がいいやつのわけないよ。ウサギに借りたマンガだって、もうとっくに売っちゃったに決まってるよ」

「マ、マジかよ」

「それでもまだいいやつだって言えるの？」

ウサギは「あっ」と声をあげた。

「そうだよ。カレンの話をしに来たんだよ」

「もういいよ」

「いいから聞けよ。あいつ、東京にいるってことはねえのかな」

「前は椎茸の町で、今度は東京？　ウサギの言うことってほんと当てにならない」

「テレビの深夜番組にさ、あいつに似てるやつが出てたんだよ」

「ふうん」

「顔にモザイクかかってたからはっきりはわかんないけど、てか、ちがうと思うんだけど、なんとなーくカレンぽかったのよ」

「どうでもいいけど、どんな番組？」

「アイドルのオーディション」

「は？」

「つーか、ドキュメンタリーっていうの？　アイドルめざす女の子に密着みたいな」

言い終わってすぐ、ぶーっとウサギが噴いた。

「笑わせんなよ、おまえ」

「僕、なにも言ってないけど」

「んじゃ、歌子さんも帰ってこないし、そろそろ帰るわ」

ウサギはふすまを閉めかけたところで振り返り、「よいお年をな」と言った。

僕は驚いた。「よいお年を」ってほんとうに言うんだ。都市伝説じゃなかったのか。僕も「よいお年を」と返したくなったけど、恥ずかしくてできなかった。

ひとりになった部屋で、毛布にくるまったまま寝そべった。ウサギの言葉を思い返して、母性だって、と胸のなかでつぶやいてみた。

母性って、母親らしいって意味でしょ。母親らしいっていうのがどういうことなのか、僕にはよくわからないけど、たぶん子供が風邪をひいたら本気で心配して、やさしく看病したりすることをいうんだと思う。

だとしたら、カレンには母性なんか一滴もない。そんなことはウサギに聞くまでもなく知っていた。あの女は、いつだって自分のことしか考えていない。いや、自分のことだってちゃんと考えてないんじゃないかな。頭が悪いんだ。

でも、歌子さんに母性があるとも思えない。あの人はいつも無表情で、なに考えてるのかわからない。それに迫力がありすぎる。

——そうか、痛いか。

歌子さんの低いつぶやきを思い出し、ほらね、と僕は頭のなかでウサギに言ってやった。

歌子さんは、骨折した政江さんを心配しなかったし、やさしく看病もしなかった。それどころか、ざまあみろとでも吐き捨てそうな雰囲気だった。政江さんは子供じゃないけど、もし歌子さんに母性があったらあんな態度は取らないんじゃないかな。

母なる大地？　海？　それって、でかいっていう共通点だけじゃないの？

そんなことを考えているうちに眠ってしまった。

揺さぶられて目を開けると、太助がいた。

「純矢くん、もうすぐ一二時だよ」

風呂から上がったばかりなのか、太助からは石けんのにおいがした。

「ほらほら、年が明けちゃうよ」

「だからなに」

「除夜の鐘が鳴る前に年越しそば食べないと」

「そば？」

「早く早く」

太助に引きずられるように居間へ下りた。

きれいに片づけられた食卓には、腕を組んだ江口さんがいた。僕のほうをちらっと見て、「ああ」とも「うう」とも聞こえる声を漏らした。

「白組が勝ったぞ」

聞いてもいないし、どうでもいいのに教えてくれた。

テレビに表示された時刻は、一一時三七分だ。

僕は食卓についた。台所で立ち働く太助の後ろ姿が、視界のなかを行ったり来たりする。

鍋の湯気で、居間は湿って暖かい。

テレビのなかの人たちが蛍の光を合唱しはじめた。

「よかった、間に合った。さあ、食べよう食べよう」

太助がどんぶりを三つ食卓に運んだ。かけそばだ。三〇〇円ってところだろうか。

「政江さんは？」

「ぐっすり寝てるみたいだから、無理に起こすことないなと思って」

僕のことは無理に起こしたくせに。

「歌子さんは？」

「さあ。帰ってこないんじゃないかな。……あ、江口さん、日本酒飲みますか？」

「あ、ああ」

「僕も飲んでみようかな」

慎重派の僕がそう口走ったのは、大晦日っぽいことをなにからなにまでやってみたかったからだ。

「だめだよ、小学生なんだから」

「まあ、舐めるくらいならいいんじゃないか」

江口さんが味方してくれた。

かけそばはとてもおいしかったけど、日本酒は変なにおいがつんときた。我慢して飲みこむと、喉と胃がかっとなった。ずずず、ずず、ずずず、とそばをすする音が妙に大きく響く。

ふいにおかしくなった。

「年越しそばも都市伝説じゃなかったんだね」

つい口走ってしまい、わけがわからないといった顔つきの太助と江口さんに、「なんでもない」と急いで言った。

ごーん。

あ、と太助が人差し指を口に当て、もう片方の手でテレビを指さした。

ごーん。

鈍く低い鐘の音。

あけましておめでとうございます、とテレビから聞こえた。

「あけましておめでとうございます」

太助が頭を下げた。

「うん」

江口さんはうなずいた。

僕は恥ずかしいから黙っていた。

「それにしても、歌子さんはどこに行ったんでしょうね」

「おおかた初詣にでも行ったんだろう」

「もしかして仕事でしょうかね」

夜の仕事とはいっても、歌子さんはホステスやキャバ嬢ではなく、ホテルのマッサージ師ということは太助から聞いていた。

「でも、化粧してなかったし、変な恰好してなかったよ」

「そういえばそうだね」

太助は考えこむ表情になったけど、「歌子さん、謎の人だから」と簡単に済ませた。

「ねえ、歌子さんって母性ある？」

そう聞くと、ふたりともきょとんとした顔になった。

「歌子さんって母なる大地って感じ？　海って感じ？　叱られたくなる？　やさしくされたくなる？」

「なに言ってるの、純矢くん」

太助が不思議そうに聞いてくる。

「ウサギがそう言ってたよ。わかんないやつはお子ちゃまだって。太助は母性感じる？」

「ぼ、僕？　いや、どうかな」

「江口さんは？」

「お、俺か？　まさか、娘ほども若いのに、なんで、俺が」

「ちょっと純矢くん、顔赤いけど大丈夫？　お酒飲みすぎてない？」

「質問に答えてよ。ずっとここにいるってことは、太助も江口さんも歌子さんのことをお母さんみたいに思ってるからじゃないの？」

ねえってば、とばかな子供のように駄々をこねる自分が自分じゃないみたいだった。頭と顔がぼうっと熱くて、心のゆるんだところから言葉がぽろぽろこぼれでる。

「来てくれ、って頼まれた気がしたんだ」

太助がぽつりと言った。

「いま振り返ると、あのとき歌子さんにうちに来てくれって頼まれた気がしたんだ。図々しいよね。でも、だから遠慮なく、こんなに長くいられるのかもしれない」

「来てくれって歌子さんが頼んだの？」

「いや、そうじゃないけど、そんな気がしたっていうか」

「俺もだ」

え、と僕と太助の声が重なった。

「俺も、来てくれと頼まれた気がした。態度はふてぶてしいのに、なぜかそう感じた」

「そういえば、江口さんはどこで歌子さんと知り合ったんですか？」

「うるさいっ。そんなことどうでもいいっ」

母性かあ、という僕のつぶやきはふたりの耳には届かなかったみたいだ。

除夜の鐘を聞きながら僕は、どうかカレンが楽しい正月を迎えていませんように、と願った。

*

年が明けてから何日たったのかわからない。ゆるゆると流れる曖昧な夢のなかにいるようだ。

しかし、早乙女美留久は眠ってなどいなかった。こたつに足を突っこみ座っている。そればかりか、えびせんを口に入れ咀嚼し嚥下《えんげ》するという反復行動を休みなく行っている。こたつの上にはえびせんのほか、菓子パンの袋、コーヒー牛乳のパック、ポテトチップスの袋、バナナの皮、ヨーグルトのカップ、まだ手をつけていないアーモンドチョコレートと塩味のポテトスティックがある。

夢のなかにいるように感じられるのは、一年前の大晦日の夜を思い出していたせいかもしれない。


一年前の年末年始、美留久は青森の実家で過ごした。

長方形の座卓に隙間なく並べられた料理をいまでもはっきり覚えている。

三段のお重がふたつ、寿司の盛り合わせ、鶏の唐揚げ、エビフライ、刺身、みそおでん、茶碗蒸し、鯛の塩焼き、豚の角煮。飲み物は、ビールと日本酒と缶チューハイとウーロン茶。

八人用の座卓の上の、八人分の料理。しかし、座卓を囲むのは四人だけだ。だからといって場所も料理も余りはしない。四人とも揃いも揃ってふたり分の場所を取り、ふたり分以上はゆうに食べるからだ。四人の巨漢。それが早乙女家の家族構成だ。

「みっちゃん、おかえり。かんぱーい」

母の音頭で乾杯をし、コップに口をつけたのち、ぱらぱらと拍手する。なぜ拍手なのか不明だが、早乙女家の慣習だから仕方ない。大晦日の夜七時。紅白歌合戦に間に合うよう家族みんなで座卓につくのも毎年のことだ。

「ほら、みっちゃん、どんどん食べな。お母さんの手料理食べるの久しぶりでしょ。なーんて、お寿司も鯛も茶碗蒸しもできあいのもんだけどね」

そう言って母はがはがは笑い、追従するように父と兄も派手な笑い声をあげた。巨漢が三人声を合わせて笑うと、家が揺れる気がする。いや、気のせいじゃなく、畳を伝わる震動をたしかに感じた。

「でも、みっちゃん、きれいになったんじゃないの。やっぱり札幌みたいな都会に一年もいると女の子は垢抜《あかぬ》けるねえ」

寿司に箸を伸ばしながら父が言う。

「みっちゃんが嫁に行ったら、父ちゃんさびしくて死んでしまうんじゃないの」

父の隣に座った兄が唐揚げをほおばりながら言う。

「いいや、さびしくて死んでしまうのは母ちゃんのほうだ。なあ、母ちゃん」

父が、正面の母に振る。

早乙女家では、上座に座るのはきまって母だ。

「なに言ってんのさ。そりゃ少しはさびしいかもしれないけど、みっちゃんが幸せになるんだから嬉しいに決まってるでしょ。ねえ、みっちゃん」

満面の笑みが至近距離から放たれ、美留久は思わず目を伏せた。母は美留久の胸中を察することなく、「でも、みっちゃんの前にまずお兄ちゃんだよねえ」と兄に顔を向けた。

「あんた、三八にもなって誰かいい人いないのかい」

「いないいない」

　唐揚げで片頰を膨らませた兄は慣れたふうにかわす。くせのある真っ黒な髪、にきび跡がめだつ頰、糸屑のような目、たるんだ二重あご。青いトレーナーにはブルドッグがプリントされている。

　いるわけねえだろ、と九つ上の兄を見て美留久は思う。こんなぶさいくなデブにいい人なんかいるわけない。それはそっくりそのまま自分自身への言葉になって、瞬間、打ちのめされた。

「みっちゃんが戻ってくるまであと一年の辛抱か。やっぱりみっちゃんがいないとね。お父さんとお兄ちゃんだけじゃむさ苦しいよ」

　そう言って母は笑った。しゃべり終わると同時に笑うのはくせなのか、それともほんとうにおかしいのか、美留久はいまだに判断できずにいる。

「行ったり来たりめんどくさい。どうせならこのままここにいればいいのに」

　父はいつものようにのんびり言う。

「そんなことできるわけないでしょ」

美留久は父を睨みつけたが、父は上機嫌で数の子の寿司をしょうゆに浸している。

「札幌では責任ある仕事してるんだから、そんな自分勝手なことできるわけないでしょ。だいたい一年後だって辞めさせてもらえるかどうかわかんないんだよ」

「おお、そっかそっか」

父はしょうゆまみれの寿司を口に押しこみ、「お、はじまったぞ、紅白」とテレビに目を向けた。

「ちょっとお父さん、みっちゃんの言うとおりだよ。みっちゃんは札幌でばりばり仕事してんだから無責任なことさせちゃいけないよ。こんな青森のいなかとはちがうんだから。友達だってたくさんいるだろうに、それでも一年後に戻ってきてくれるっていうんだから、ほんとやさしい子だよ、みっちゃんは」

まるで観衆に聞かせるかのような大声に、母はすべてを知っているのではないかと不安を覚えた。

「ほら、みっちゃん、どんどん食べな。札幌帰ったらまた忙しくなるんだから、いまのうちに栄養つけないと」

母は美留久の取り皿にエビフライと豚の角煮をのせ、寿司の入った桶を美留久の前に引き寄せた。

やめてっ、と叫びたくなる。

ダイエットしてるんだから。いや、正確には、ダイエットしようとしてるんだから。今日から、っていうか、今晩から。

「ほら、お父さんに食べられないうちに数の子食べな。みっちゃん、好きでしょ。あと、うにといくらも食べなさい。これ、中トロ。お母さんの分も食べていいから。ほらほら」

体のなかに、母がぐいぐいと押し入ってくる感覚がした。

余計なことすんなっ、と怒鳴りつけ、取り皿を投げつけ、座卓に並んだ料理をめちゃくちゃにしたい。しかし、美留久がしたのは、タルタルソースをたっぷりつけたエビフライをふた口で食べることだった。おいしい！　スタートのピストルが鳴ったように止まらなくなった。豚の角煮をほおばり、飲みこまないうちに数の子の寿司をつまんだ。どんどん加速がついていく。うに、いくら、とびっこ、中トロ、栗きんとん、おでんの玉子、がんもどき。喉が詰まりかけ、ウーロン茶で流しこむ。とり憑《つ》かれたように食べていると自覚していた。しかし、隣の母も、向かいの父も兄も、美留久と同じようにひたすら食べているのだった。咀嚼する音とかすかな鼻息は、テレビから流れるアップテンポな曲より小さくはあったが、居間に降り積もるほこりのように不快だった。

「お、調子出てきたな」

正面から兄が笑いかけた。

無視して兄の横に視線を滑らせると、そこには兄を三〇ほど老けさせた顔があり、美留久の隣にはその女版の顔があり、自分は女版を三〇若くした顔をしていることは鏡を見るまでもなく承知している。

明日から、と美留久は思う。明日からダイエットする。絶対に痩せる。年も変わって区切りもいいし、今度こそ成功するような気がする。だから今日だけは、最後だから、好きなだけ食べていい。

「帰ればよかった」

無意識のうちに水っぽいつぶやきが漏れた。

自分の声に気づいた美留久は、それを打ち消すためにポテトスティックの封を勢いよく破り、テレビのボリュームを上げた。

今年の正月、美留久は青森に帰らなかった。

一月末にアパートを引き払って実家に戻るのだから、わざわざ帰省する必要がない。美留久がそう言っても母は、年末年始は家族で過ごすものだ、みんなで紅白を観ないと年越しできない、となかなか折れず、お願いだからと懇願し、往復の交通費まで送ってきた。お金はもらったが、美留久は帰らなかった。「仕事が忙しくて正月も休めない」とみえみえの嘘をつくと、母はやっと引きさがった。

仕事が忙しいのは美留久ではなく、美留久をのぞいた家族のほうだった。

父と兄は理容室を、母は美容室を営んでいる。家の一階が店舗で、「早乙女理容室」「早乙女美容室」と看板が寄り添っている。どちらもアロエの鉢植えがいくつも置かれ、年季の入った椅子の上に趣味の悪い座布団があり、輝きの鈍い鏡が三つ並んだ店で、人は雇っていない。

ため息をつき、美留久はポテトスティックに手を伸ばす。二本同時に食べるのが気に入っている。歯ごたえがあって、味が濃く感じられるから。ポテトスティックの二本食いをしたあとは、アーモンドチョコレートで塩気を緩和し、今度はポテトスティックで甘さを緩和する。それを繰り返すうちに、なにかどっしりしたもので腹を落ち着けたくなり、お湯を沸かそうと立ちあがった。

カップ麺にお湯を注いで三分を待っているあいだに、思いきって洗面台の鏡に向かった。

見なきゃよかった、と瞬時に後悔したが、目をそらすことができない。

自分で切ったおしゃれ感ゼロのおかっぱ頭は、くせ毛のせいでいびつなヘルメットみたいだ。重たげなまぶたに押され、かろうじて開いている目は陰気くさく、厚くとがったくちびるの端には食べ物のかすがこびりついている。膨れあがったうえに垂れさがった顔の輪郭は、醜悪な形をつくりなさいと指示されて造形したようで、しかも鼻の下には大きな吹き出物。

鏡に向かって笑おうとしたら、片頰がひくついた。それでも無理やり口角を上げたら、頰の筋肉が固まった。

——笑いなさい。

小さいころからよく母に言われた。

笑えば、いいことがあるから。楽しくなるから。人に好かれるから。人を幸せにできるから。

だから笑った。

しかし、あるとき気がついた。容姿に恵まれた子は、笑いなさい、なんて親に言われない。母が言うべき言葉は「笑いなさい」ではなく、「痩せなさい」だったのだ、と。

そういえばあの女は笑わなかった。そう思いついたのは、台所で立ったままカップ麺をすすっているときだった。若い男に告白されたというのににこりともせず、むしろ迷惑そうに見えた。

地下鉄のホームで盗み聞いた声が再生される。

——いる。三人ほど。

――わかんない。あたし、忙しいんだよね。

なに勘違いしてんだよ、あのデブ女。

美留久は排水口に絡まった髪の毛のような感情を、歌子という女への怒りに転化させた。

すると長い夢から抜けだした心地になった。

あの女のところに行ってみよう。

帽子を目深にかぶるから、顔は洗わなくていいし髪もとかさなくていい。ジャージのズボンをジーパンにはきかえ、黒いオーバーを着た。顔を覆うようにマフラーを巻き、黒いスノーシューズをはいたら腹がつかえて、よっこいしょ、と無意識のうちに声が出た。今日が一月の何日かわからないが、年が明けてからコンビニ以外に出かけるのははじめてだ。

美留久が仕事を辞めたのは、あの女のアパートを突きとめた年末だった。辞めたというより契約が切れたのだ。グレープフルーツをサイズ別に仕分けする仕事だった。二か月やった。その前は大根を洗う仕事で、これは三か月の契約だった。その前はきゅうりのパッキング。共通するのは、どれも倉庫内での仕事だったということだ。

そのほかに、週に二日だけバイトもした。すすきのの居酒屋の洗い場だった。

契約の仕事も居酒屋のバイトも、流れるように終わった。送別会やプレゼントがないのはもちろん、連絡先を聞いてくれる人も、「元気でね」「がんばってね」といった言葉をかけてくれる人もいなかった。

お母さんははじめからぜんぶ知っていた——。

美留久にはそう思えてならない。

広告代理店で責任ある仕事なんかしていないことも、短期間の契約とバイトで食いつないでいることも、ひとりの友達もできなかったことも、仕事以外ではテレビを観ながら食べつづける日々だったことも。

母が実家に戻るようあれほど懇願したのは、母親に頼まれて渋々帰る、というポーズを美留久に授けるためなのかもしれない。

札幌で暮らした二年間は、美留久にとって母から離れるためのものだった。母の顔が見えないところ、母の声が聞こえないところ、母の愛情が届かないところ。それでもだめだった。青森と札幌くらいの距離じゃ母の手のひらから飛び立つことなんてできない。

女の部屋にはあかりがついていた。

夜の七時。仕事から帰ってきたのか、休みなのか、これから出勤するのか、それとも無職か。

アパートの集合ポストには部屋番号しか記されていない。女の住む三階の左端が三〇一なのか三〇四なのかわからず、階段を上って部屋の前まで行くと、ドアの横に三〇一とあった。息を殺してドアに耳を近づけたが、物音を捉えることはできなかった。集合ポストに戻って三〇一をのぞくと、宅配ピザや携帯ショップのチラシが見えた。

階段を下りてくる足音が聞こえ、美留久は慌ててアパートを出た。バス通りを歩きながら振り返ると、街路灯に照らされたどピンクが目に飛びこんできた。

女はバス通りを渡った。重量感たっぷりの姿が防風林沿いの道へと消え、美留久はあとを追った。

その通りは更地で、一瞬、雪原に見えた。が、一軒だけ家がある。そこから小学五、六年生くらいの男の子が飛びだしてきた。女に気がつき、足を止める。

「あ、おかえりなさい」

え、子供？　まさか結婚して子供までいるの？

門も塀もなく、あかりがついていなければ廃屋に見えなくもない一軒家の前で、男の子と女は向きあっている。

「どうしたの？　早いね」

「早番だったから」

早番？　って、すぐそこのアパートから来たのに、まるで仕事から帰ってきたみたいな言い方じゃないか。

「ちょっと待ってよ、純矢くん」

今度は四〇くらいの男が家から出てきた。

「コンビニは高いから行かなくていいよ。ゆずこしょうがなくても大丈夫だからさ。……あれ、歌子さん、早いですね」

「早番」

またそっけなく答え、女は鼻水をすすった。

「ちょうどよかった。ごはん、これからなんですよ」

「ねえ、ほんとにゆずこしょうってやついらないの？　僕、食べてみたいんだけど」

「だめだめ、いらないよ」

「なんだよ、けち」

「あれ、どうしたんですか？」

その言葉が自分に向けられたものだと気づくまでしばらくかかった。三人の目が美留久を捉えている。

「え、あ」

うろたえた声が出た。どうごまかそうかと考え、通りすがりの者です、という言葉が浮か

んだとき、

「歌子さん、またですか？」

苦笑した男が美留久に歩み寄り、すっと片手を差しだした。

「はじめまして。僕は亀山太助。居候仲間です」

わざとらしいさわやかさに、思わずその手にふれると、力強く上下に振られた。

なにがなんだかわからないまま家へと迎え入れられ、とりあえず夕食を食べることになった。

美留久は女と並んでソファに座り、食卓にはお祖父《じい》さんとお祖母《ばあ》さん、お父さんと男の子。お祖父さんとお祖母さんの年齢差に若干の違和感はあるものの、どう見ても三世代家族だ。しかし、聞いてもいないのに「ちがう」と説明したのは亀山太助というおしゃべりな男だった。彼はお父さんではなく居候、お祖父さんも居候、男の子は女の親戚だという。

「ところで早乙女さんは、歌子さんとどこで知り合ったんですか？」

食卓から亀山太助が話しかけてくる。

「あ、えっと」

隣の女をうかがったが、無視してみそ汁をすすっている。

「あ、いいんですいいんです、無理して答えなくても。言いたくないこともありますよね。

ねえ、江口さん」

「うるさいっ。男のくせにやかましい」

「なんでそんなにムキになるんですか？」

「べ、別にムキになんかなってない」

「なってるじゃないですか。ねえ、歌子さん」

歌子という女は亀山太助を見ようともせず、黙々と箸を動かしている。

テーブルの上には、きのこの炊きこみごはんとわかめのみそ汁、大根と厚揚げとこんにゃくの煮物、もやし妙めがあり、どれもおいしそうなのに食欲が湧かない。

「あの」

勇気を振り絞って歌子に話しかけた。

ちらっ、とも、ぎろっ、とも取れる横目が返ってきた。

「えっと、あの、ここって誰の家なんですか？」

答えたのは太助だった。

「歌子さんの家に決まってるじゃないですか。あ、もちろん政江さんの家でもありますけどね」

あはははは、と太助はひとりで笑う。

「え、でも、じゃあ、あのアパートは、」

「殺す」

「え」

耳に吹きこまれたささやきに驚いて歌子を見た。

こ、ろ、す。

歌子はもう一度、今度はくちびるの動きだけで告げた。

美留久しか気づかなかったらしく、食卓では男の子がゆずこしょうを食べてみたかったと文句を言っている。

殺す、ってなに？　もしかしてアパート？　誰にも言うなってこと？

確かめたいが、「アパート」という単語を口にすることさえ恐ろしく、黙ったまま厚揚げをほおばった。だし汁がじゅっと染みでて、ないはずの食欲に火がついた。


早乙女美留久、三〇歳。自分の名前を呪いつづけて一五年になる。

まず、早乙女。これは男女問わず、容姿に恵まれた人にしか赦されない名字だろう。しかし、百歩譲ることはできる。決して譲ることのできないのは、美留久という名前だ。親は最初、クルミという名前にしようとしたらしい。そこには、クルミのように頑丈で、なにごとにも負けず強く生きてほしいという願いが込められていた。けれど、木の実はあんまりだということで、逆さまにしてミルクになった。漢字はただの当て字だ。美留久のほうがあんまりだということに気がつかなかったのだろうか。そして、「なにごとにも負けず強く」の逆さまが「なにごとにも勝てず弱く」になることにも。

名は体を表すというが、名に育てられたような気が美留久はしている。名づけられたとたん、こうなる運命を背負わされたのだ。

美留久と名づけられた女がどう呼ばれるか。「乳」か「牛」、またはその応用バージョンだ。小学生のときは「おっぱい」と呼ばれ、中学生になると「乳」と呼ばれたが、そのときは太っているせいではなく、豊満なバストによるものだと思いこんでいた。自分が太っていることに気づいたのは高校生のときで、そのときのあだ名は「ホル」だった。語源はホルスタインだ。

クラスに好きな男子がいた。髪を茶色く染め、ブレザーの前ボタンをはずし、片手をポケットに入れ、高校一年にして世慣れた雰囲気をまとっていた。騒いだりふざけたりするタイプではなかったが、男女問わず誰にでもフレンドリーだった。彼が人気者だとは知っていたが、もてていたことに気づかなかった美留久は、ねえねえ、タカハシくんってかっこいいよね、と友達にしゃべりまくった。美留久の好意はあっというまにクラスじゅうに知れ渡ったが、みんなにからかわれることでふたりの仲が公認されたように感じられた。

「あ、ごめん。俺、デブって生理的に無理なの」

あるとき、彼がさらりと言った。タカハシくんって美留久のことどう思ってるの？　と、にやつきながらも直球で聞いた同級生への返答だった。休み時間の教室に彼のさわやかな声が響き、一、二秒後、「だよねー」という笑い声に包まれた。失笑と同意、少し遅れて嘲笑。美留久はやっと、自分が躊躇《ちゅうちょ》なく「デブ」に分類されるほど太っているのだと気づいた。もちろん、それまでも平均体重をオーバーしていることくらいは知っていたが、ぽっちゃり程度だと思いこんでいた。実際、「あたしってぽっちゃりだからさー」と高らかに言い、がはがは笑ってもいたのだ。

あたしはデブだったんだ。頭のなかで言葉にすると、やっぱり、という気持ちがどこかで生じた。その瞬間、自分が「デブ」という言葉からもはみだすほど醜い生き物へと変容するのを感じた。

デブであることよりも、タカハシくんに拒否されたことよりも、いままでのうのうと生きてきたことがショックだった。

家族のせいだ──。

美留久はうつむき、奥歯を嚙みしめた。もう二度と顔を上げることができない気がした。

冷静に振り返ると、物心がついたころから太っていた。しかし、家族みんなが太っているから気にしたことがなかった。食べることが大好きないつも笑顔の仲良し家族が、このとき美留久のなかで醜く愚かな群れへと変わった。

美留久は、一五年にわたる幸福な物語から覚めた。すると、いままで善人しかいなかった周囲は美留久を嘲る敵だらけになり、世界を照らしていた明るい光は消え、喜びや楽しみは自己嫌悪へと変わった。

美留久の変化をいちばん心配したのは母だった。

みっちゃん、元気ないね。みっちゃん、いじめられてるんじゃないの？　みっちゃん、悩みごとがあったらお母さんに言うんだよ。みっちゃん、お腹痛いの？　みっちゃん、どうしたの？　みっちゃん、みっちゃん、みっちゃん、みっちゃん。

美留久が笑顔を取り戻すように、母は仕事で忙しいにもかかわらず、朝昼晩と美留久の好物をつくった。朝からオムライスやカツカレーが出され、昼は二段重ねの弁当のほかに小腹がすいたときのためのサンドイッチやのり巻き、夕方のおやつにはケーキやドーナツ、夜は焼肉や鉄板焼きが多かった。

母は、食べさせることが愛情だと信じていた。しかし美留久は、食べれば食べるほど、母への愛情が憎しみへと塗りかえられていくのを感じた。

どうしてこんなに食べさせるの？　どうしてこんなに過保護なの？　どうしてそんなに太ってるの？　どうしてそんなにがはがは笑うの？　どうしてあたしを太らせたの？　どうしてあたしを産んだの？　どうして血がつながってるの？

美留久は涙をこらえ、鼻水をすすり、黒い炎がみぞおちでとぐろを巻くのを感じながら、母のつくった料理をひたすら食べた。食べれば食べるほど膨張していく外側とは反比例し、心はいびつに縮んでいった。

美留久に与えられた部屋は二階の納戸だった。

三畳ほどの空間に小さなあかり窓がひとつ、天井から裸電球がぶら下がり、ステンレスの収納ラックに段ボール箱や扇風機やトースターなどが置かれている。誰かが部屋として使っていたのだろうか、かすかな加齢臭を感じた。

「布団、置いときますね。あと電気ストーブ。ここにはコンセントないんで廊下から引きますから」

太助が、まるで旅館の仲居のようにてきぱきと世話を焼く。

「大丈夫ですよ。歌子さん、ぶっきらぼうだけどいい人ですから。好きなだけここにいさせてくれますよ」

「はあ」

「あきらめちゃだめですよ」

「はい？」

「なにがあったか知らないけど、あきらめたら人間そこで終わりですから」

そう言うと、満足げにうなずいて出ていった。

美留久は布団の上に座り、ストーブのスイッチを入れた。板張りの粗末な空間を裸電球がじんわり照らし、あかり窓には街路灯の暗い橙色が滲んでいる。ステンレスの収納ラックに置かれたものたちは、何十年も前からそこにありつづけているかのようだ。不必要なものたちをしまう場所。わずか三畳ほどの納戸。外界から遮断されたこの場所を美留久は気に入った。

ずっとここにいたい。人目を避け、誰にも会わず、ここに閉じこもってやり過ごしたい。この世界が終わり、再び幸福な物語がはじまるそのときまで。

そう思ったら、いてもたってもいられなくなった。安心して閉じこもるためには食べ物が必要だ。家の人たちが寝静まるのを待ち、美留久はバス通りのコンビニに行った。

納戸を居場所にして三日か四日になる。もしかしたら五日かもしれない。一週間はたっていないだろう。

それにしてもおかしい、と美留久は思いはじめている。どうして誰も声をかけないのだ？　ドアを開けてようすを確かめようとしないのだ？　ふつう、こんなふうにほったらかしにはしないだろう。ガス中毒かなにかでみんな死んでしまったのではないかとも思ったが、ひんぱんに物音はするし、話し声も聞こえてくる。じゃあ、存在を忘れられたのだろうかと心配になり、トイレに行くとき足音をたてたり、わざと咳をしたりもしたが、ささいな反応さえなかった。

無視されている、と美留久は感じた。美容専門学校の記憶がよみがえり、苦いものが喉までせりあがった。

高校卒業後、美留久は美容師の資格を取るため専門学校へ進んだ。ほんとうは母と同じ道に進みたくはなかったが、兄は理容師に、美留久は美容師になり、両親と一緒に店を営むという将来像が幼いころから早乙女家ではできあがっていた。反発するにはとてつもない労力が必要だったし、ほかにやりたいこともなかった。それに職業として考えると、美容師は悪くないと思えた。手に職をつければ自立できる。この家から出ていける。美留久はそう考え、津軽海峡を渡った函館にある美容専門学校への進学を希望した。反対する母を、卒業したら実家の美容室で一緒に働くという約束で説き伏せたが、守るつもりはこれっぽっちもなかった。ここにいたら一生デブだと思った。実家を出さえすれば、デブの呪縛が解け、これまでとちがう人生が待っていると確信した。

美留久は専門学校付属の女子寮に入った。家具つきのワンルームが城のようにも天国のようにも感じられ、ここからほんとうの自分がはじまるのだと胸が弾んだ。しかし、希望は一週間も続かなかった。まわりはおしゃれでかわいい女の子ばかりだった。例外もいるにはいたが、美留久ほど太っている子はいなかった。学校でも寮でも、みんな誘いあって食事をしたり外出したりしているのに、美留久に声をかける人はいなく、憧れていた合コンに呼ばれることもなかった。しだいに、みんなが自分を嘲笑っているように感じた。

「デブなのに美容師だって」「はさみに指入らないんじゃない?」「美容からいちばん遠い女」そんな声が鼓膜の奥から聞こえるようになり、学校を休みがちになった。

あるとき高熱を出し、ベッドから出られなくなった。何度か電話が鳴り、ドアがノックされたが放っておいた。床は、菓子パンの袋や弁当の容器やペットボトルで足の踏み場がなかった。何日も着替えていなかったし、風呂にも入っていなかった。

あたしは世界でいちばんかわいそうな子だ、と美留久は思った。いっそこのまま死んでしまいたい。そして、かわいい女の子に生まれ変わりたい。

なにかを突き破るような音にはっとすると、視界に母が飛びこんできた。「みっちゃんっ」

という悲鳴とともに巨体に抱きしめられた。母からは、母のにおいがした。

「みっちゃん、かわいそうに。ひとりぼっちでこんなになってかわいそうに。ずっとがんばったんだね。えらかったね。お母さんが来たからもう大丈夫だよ」

お母さんだけがわかってくれる、お母さんだけがあたしの味方だ、お母さんだけが守ってくれる。そう思ったら涙が出た。

「みっちゃん、帰ろうね。お母さんと一緒に帰ろうね」

その言葉にうなずいていた。

あのとき実家に帰ってしまったことを、美留久はいまでも後悔している。

お母さんのせいだ。お母さんが無理やり連れ戻したせいで、あたしは美容師になれなかった。

納戸のあかり窓は、横殴りの雪が降る夜を切り取っている。ときおり鞭《むち》がしなるような風の音が聞こえ、窓や屋根がかたかた鳴った。

食糧が底をついた。コンビニに行きたいが、外は吹雪だ。スマホは電池が切れたらしく、時間さえわからない。

コーヒー牛乳が飲みたい。ハムが食べたい。カレーライスが食べたい。バターとジャムをたっぷり塗ったトーストが食べたい。

まずは、家の人たちが起きているかどうか確かめようと納戸を出た。二階に人の気配はない。ゆっくりと階段を下りる。足音を忍ばせているのに、体重のせいだろうか、きぃきぃ軋《きし》むのが情けない。居間のドアに耳を近づけると、いきなり男の子の声が聞こえた。

「夜中に冷蔵庫あさりに来るかもね」

ぎょっとした。隠しカメラでも仕掛けられているのかと、あちこちに視線を投げる。

「誰かさんみたいにね」

今度は男の声。おそらく太助だろう。

「うるさいっ」

「誰も江口さんのことだとは言ってないじゃないですか」

「太助ってわりとしつこいよね」

急にドアが開き、美留久はつんのめった。あ、わわ、と声を出しながら二、三歩踏みだし、目の前の人とぶつかりそうになる。江口という白髪まじりの男だ。軽蔑しきった視線を感じ、美留久はうつむいた。

「まずは風呂だな」

江口はそう言うと、居間を出てトイレに入った。

「ああ、お風呂ですね。はいはい」

太助がいそいそと台所の奥へ消え、まもなくボイラーと水の音が聞こえだした。

ソファから男の子が妙に冷静な視線を向けてくる。たしか純矢という名前だ。歌子の遠縁らしいが、落ち着き払った雰囲気に血のつながりを感じる。

居間にいるのはこの三人だけで、歌子とその母親の姿はなかった。

小学生の視線に晒され、いたたまれなくなった美留久は、えへへ、とちっともおかしくないのに笑った。

「く、くさいよね。ごめんね」

「まだまし」

純矢は冷静さを崩さずに答え、美留久からテレビへと視線を移した。誰と比べてまだましなのだろうと疑問が湧いたが、訊ねる余裕はなかった。

トイレから戻ってきた江口は、美留久を無視して純矢の隣に座り、「くだらんっ」とテレビに吐き捨てた。

「じゃあ観なきゃいいのに」

「こんなのなにがおもしろいんだ」

お笑いタレントが司会を務めるクイズ番組だ。ということは、まだ夜の一〇時にもなっていない。

突っ立ったままの美留久に声をかけたのは太助だった。

「早乙女さん、お風呂どうぞ。これ歌子さんから預かってる着替えです」

紙袋にはフリースの部屋着らしきものが入っている。

「あの人は？」

「はい？」

「あの女……う、歌子さんは？」

「ああ、仕事に行ってますよ。帰ってくるのはたいてい明け方ですねえ。そんなことより、ささ、お風呂お風呂。上がったらうどんかなんか食べますか？」

太助に背中を押され、美留久は台所の奥にある脱衣所に入った。

風呂は嫌いだ。自分の肉体を直視しなくちゃいけないから。美留久は、あの女も入ったであろう湯船に浸かり、目を閉じた。ほうっと息が漏れる。

太助から受け取った紙袋にはフリースの上下のほか、下着と靴下が入っていた。下着と靴下は新品だったが、フリースは歌子のものだろう、黒地にピンクのどくろ柄だ。

「嘘っ」

思わず声が出た。

小さい。小さいのだ。尻は食いこんでいるし、肩がきゅうくつだ。それにほら、この全体的な締めつけ感。ふつう、こういうフリースはゆったりと着るものだろう。

ショックを引きずったまま脱衣所を出ると、だしのにおいに包まれた。太助が台所に立ち、純矢と江口はふたり揃ってつまらなそうにテレビを観ている。

「うどん食べますよね？」

太助が美留久のほうを向いた。

「食べるっ」

そう答えたのは美留久ではない。開いたふすまのあいだに、歌子の母親が杖をついて立っている。

「食べるよ、うどん。お腹すいて眠れやしないよ」

歌子の母親はなぜか怒った口調だ。

「政江さん、また食べるんですか？」

太助があきれた声を出した。

「玉子と天かす、ちゃんと入れてよ」

「天かすはありません」

「なんだよ」

ぶつぶつ言いながらも政江は食卓についた。

あの女の母親にしては小柄だ。真っ白な髪と杖のせいだろうか、どことなく意地悪な魔女っぽい雰囲気だ。

美留久の頭に母が浮かぶ。

六三になっても仕事がら髪を栗色に染め、体重のせいで膝が痛いと言いながらも朝の一〇時から夜の七時までひとりで店を切り盛りし、休むひまもなく家事をこなしている。くるくると踊るようにではなく、どすどすと暴れるように動きまわる姿はいつだって鮮明に思い出せる。母は、美留久が子供のころから変わっていない。ずっと同じだ。まるでやさしい魔女のように。

「早乙女さんも住所不定の無職なの？」

その声に視線を上げると、まっすぐな目とぶつかった。

「家も仕事もないんでしょう？」

純矢の視線は揺らがない。

「ちょっと純矢くん」

台所の太助が振り返る。失礼なことを聞いちゃいけない、と注意するのかと思ったら、

「も、ってなにさ、も、って。言っとくけど、僕はバイトしてるからね」と、鼻の穴を膨らませた。

「そりゃ週に二、三日だけど、生活費だってちょっとは入れてるし、それに昨日、肉まんごちそうしたでしょ。僕まで無職みたいな言い方しないでよ」

「ふんっ、えらそうに」

江口が吐き捨てた。

「別にえらそうにしてないですよ。ほんとのことを言ってるだけじゃないですか」

「うるさいっ。いいから早くうどんつくれっ」

政江が怒鳴る。

一瞬しんとしたのち、「僕、もう寝る」と純矢が立ちあがった。隣の江口も無言で立ちあがり、ふたり連れだって居間を出ていく。

気まずい空気になると思いきや、残された太助も政江も気にしていないようすだ。

「はい、できましたよー」

目の前に置かれたうどんからだしのにおいが立ち昇り、美留久の喉がごくりと鳴った。半熟玉子と長ねぎ、それと夕食の残りだろうか、細かく切った筑前煮が入っている。

「熱いですからね。ふーふーして食べてくださいよ」

太助は政江の前にもうどんを置いた。

「うるさいね。子供扱いするんじゃないよ」

そう言いながらも、政江はちゃんとふーふーと息を吹きかけた。

美留久はうどんをすすった。ひと口食べたら止まらなくなった。食べれば食べるほどもっと食べたくなるのはいつものことだ。透きとおった黄金色の汁を最後の一滴まで飲み干した。でも、まだ食べたい。まだまだ食べたい。こんな自分が恥ずかしくて忌まわしい。食べたい食べたい。我慢できない。頭がおかしくなりそうだ。

「もっと食べたい」

無意識のうちに声にしたのだと思った。

「なんか物足りないんだよねえ」

いや、ちがう。あたしじゃない。

「政江さん、さすがに食べすぎですよ」

そうだ、政江が言ったのだ。

政江は片方の足を引きずりながら台所に行き、大袋に入ったロールパンといちごジャムを抱えて戻ってきた。

まるで頭のなかを透かし見られたように美留久は感じた。レンジ台のロールパンがさっきから気になって仕方なかったのだ。

「明日の朝ごはんなのに」

太助はあきらめたように言うだけで止めようとはしない。

いちごジャムをたっぷりのせたロールパンに政江はかぶりついた。はむっ、と音がした。パン屑が食卓にこぼれ、咀嚼する湿った音が続く。一心不乱に食べるさまを見ていると、美留久のなかの荒ぶっていた欲求が静まっていった。

政江はあっというまにひとつ食べ終え、ふたつめに手を伸ばしかけてやめた。名残惜しそうにジャムのついたバターナイフを舐めている。頭はまだ食べたいのに、胃袋が拒否しているのだろう。

「いつもチャーハンなんですよ」

太助が小声で言ったのは、政江がふすまを隔てた和室に引きあげてからだった。

「僕がバイトでいないとき、江口さんがごはんをつくるんですけど、いつもチャーハンで、しかもべたべたらしいんですよ。いや、でも江口さん、あれでも変わったんですよ。いまなんか雪かきまでするんですから。まあ、仕事してないし、ひまだからかもしれませんけどね。だから、早乙女さんが来てくれてよかったですよ」

「え？」

「僕もほら、バイトがあるから、ずっと政江さんをみてられないっていうか」

「はあ」

「やっぱり女の人がいてくれると助かります」

「あの」

「僕がいないときはお願いしますね」

そう言って太助は頭を下げた。

なぜこんなことになってしまったのだろう。

美留久は、歌子の母親と食卓で向かいあっている。食卓には、おかき、チョコチップクッキー、アーモンドチョコレート、ポテトチップスがどれも封の開いた状態で置かれている。ついさっき昼食を済ませたばかりだ。コンビニで買ってきたチンするラーメンとおにぎりだった。

太助に、お願いしますね、と頭を下げられたのは三日前のことだ。あの科白は家事と政江の世話を期待してのことだろうが、掃除と洗濯はそれなりにできても、料理らしい料理はしたことがなかった。美留久の三〇年の人生のなかで、料理はすべて母が用意し、専門学校時代は寮の食事とコンビニ、札幌での二年間はほぼコンビニで、たまにテイクアウトの弁当や総菜だった。ただ米は炊いていた。米さえあればなんとかなった。ふりかけ、缶詰、納豆、玉子、つくだ煮、韓国のり、バター、マヨネーズ。三合を一気に食べた自分に啞然としたことは数えきれない。

「あんたを見てると花子を思い出すよ」

クッキーのかすをこぼしながら政江が言った。

「花子？」

美留久は食卓に並んだお菓子に手が伸びずにいた。食欲旺盛な政江を前にすると、なぜか自分が食べているように感じられ、胃も脳も満腹感で満たされた。

「あたしの娘だよ。歌子の姉。双子なんだよ」

「双子？　まさか一卵性とか」

しーっ、と政江は人差し指を口に当てた。

「あんたにだけ教えてあげるんだからね」

家には美留久と政江しかいない。太助はバイトに、純矢は学校に、江口は散歩に出かけた。この家に来て一〇日以上たつが、歌子を見かけたことは初日を除いて一度もなかった。

「花子と歌子はそっくりで、親でも見分けがつかないくらいだったよ」

最後の過去形が気になり、「花子さんはいまどちらへ？」と聞いた。

「遠くに行っちゃったねえ」

政江の灰色がかった瞳の焦点がぼやけた。存在しない場所を眺めるようなまなざしと、クッキーのかすがついたくちびる。その弛緩した表情を見ていると、呆《ぼ》け老人を相手にしている心地になった。

母が六〇を迎えたころから、母が呆けたらどうなるのだろうと考えるようになった。おそらく娘であり、働いていない自分が面倒をみることになるのだろう。そう想像したら、恐ろしくなった。それは母に完全に取りこまれることだった。巻き取られ、のみこまれることだった。恐怖が突きあげ、ちょうど二年前、逃げるように実家を出たのだった。専門学校のときのような過ちは繰り返さないと誓って。

あのとき母が強く引きとめなかったのは、たった二年で実家に戻ってくることを予想していたからかもしれない。

今度こそ人生をやり直そうと思った。デブの呪縛から抜けだそうと思った。それなのに、疲れてしまった。明日から、明日から、と思いつづけ、それをことごとく食い破る自分自身に。

「あの、歌子さんってここに住んでるんですよね？」

こ、ろ、す、と動いたくちびるを思い出し、美留久はためらいながらも口にした。

政江はまだぼんやりしたままだ。

「でも、いつもいないですよね。もしかして男の人と一緒にアパートかどこかで暮らしてるとか？　なんかもてるみたいだし」

　言いだしたら止まらなくなった。

「歌子さんって子供のときから太ってたんですか？　笑わなかったんですか？　あたし、歌子さんが男の人に声かけられてるとこ見ちゃったんですよね。あの人、昔からもてたんですか？　なんでですか？」

　ドアの音にはっとした。

　そこに歌子の姿を認め、心のなかで、ぎゃっ、と声をあげた。いまのを聞かれてしまっただろうか。

　歌子は二階にいたらしい。胸もとが大きく開いたモヘアのニットとぴちぴちのパンツは、どちらも真っ赤。肩に赤と黒のヒョウ柄のバッグをかけ、手にはどピンクの革ジャンがある。どっ、みし、どっ、みし、と足音をたてながら、台所の奥にある洗面所へと消えた。

　次に現れたとき、胸に垂らしていた髪が複雑に編みこまれ、頭のてっぺんには大きな黒いリボンがあった。そのまま出かけようとする歌子を玄関まで追いかけたのは気まずさを埋めるためで、「あの」と呼びとめてはみたものの、なにを言うかは決めていなかった。

　歌子が振り返り、無表情な目を美留久に向ける。くちびるがいまにも、こ、ろ、す、と動きそうだ。

「気にしなくていいよ」

え？　なにを？　あとをつけたこと？　アパートを突きとめたこと？　なぜもてるのかしつこく聞いたこと？

「えっと……あ、はい」

とりあえずそう答えた。

「ずっとここにいていいから」

「はい？」

「そのほうが助かるし」

ぼそりと告げて、歌子は家を出ていった。

入れかわるように純矢が帰ってきた。

帽子やランドセルに雪をのせ、冷たい空気をまとっている。頬と鼻の頭が真っ赤だ。「あー、寒かった」とランドセルを下ろし、濡れた帽子とスノーウエアを脱いだ。

純矢が食卓を凝視しているのに気づき、美留久は、ちがうちがう、と言いたくなった。これ食べたのあたしじゃないから、あたしほとんど食べてないから。

アーモンドチョコレートを口に入れた政江が、「これ、おいしいよ」とにやりと純矢に笑いかける。

「食べていいの？」

純矢は、政江と美留久を交互に見ながら食卓についた。

「ど、どうぞ」

「豪華だね。誰が買ったの？」

「あ、あたし」

「ふうん。家も仕事もないのにお金持ちなんだね」

そう言った純矢は、お菓子のパッケージを手に取ったりひっくり返したりしながらなにかを確認している。小学生なのにまさかカロリーとか塩分をチェックしてるとか？　こんなものを高齢者に食べさせるなんて、と怒られはしないだろうか。美留久は緊張したが、純矢はひととおりチェックを済ませると、「いただきます」とアーモンドチョコレートを口に入れた。頬をゆるませ、急に子供っぽい顔つきになる。すぐにがりがりと嚙み砕き、ふたつめを口に放りこむと、「これで一二円」と意味不明なことをつぶやいた。

腹ごなしに昼寝でもする、と政江が和室に引きあげ、美留久は純矢とふたりきりになった。居心地が悪い反面、歌子のことを心置きなく聞けるチャンスだと思った。子供なら、美留久の胸中を察することなく正直に答えてくれるだろう。しかし、歌子に通じる冷静さを感じさせる子だ、油断してはならない。

「あ、あの、歌子さんってこの家に住んでるんだよね？」

「そうだよ。ねえ、このクッキーも食べていいの？」

「あ、どうぞどうぞ。双子のお姉さんがいるんでしょ？」

「ああ、政江さんから聞いたの？　それ、政江さんお得意の嘘だから。でも、だまされたふりしてあげてね」

だいたいさ、と純矢は薄く笑いながら続けた。

「あんな人がこの世にふたりもいると思う？」

「だ、だよね」

美留久も笑った。

「歌子さんって結婚はしてないよね？」

「してないでしょ」

「仕事はしてるの？」

「うん、夜の仕事」

「えっ」

どんな、と聞きかけ、小学生に聞くべき事柄だろうかと躊躇した。居酒屋やカラオケ店だったらいいが、スナックやキャバクラ、もしかしたら風俗かもしれない。まさかと思うが、あの女に限ってはそのまさかが通用するのだ。

「歌子さん、人気あるんだって。太助が言ってた」

「なんでっ」

「母性だって」

純矢は立ちあがり、冷蔵庫から牛乳を出した。コップに注いで食卓に戻る。

「ウサギが言ってた、母性があふれでてるって。だからもてるんだって。でもウサギ、変態かもしれないからな。あとで来るって言ってたから聞いてみたら？」

「ウサギって？」

「マンガ貸してくれるんだって。たぶんこの家に来る理由がほしいんだよ」

母性――。

「ないでしょ」

無意識のうちにつぶやいていた。

「なにが？」

「ないよね、あの人に母性なんか」

「僕はそういうのわかんないから」

「だってあの人、政江さんのことだってほったらかしだし、家のことだってなにもしないし、母性があるっていうのは、母性がある人っていうのは……」

美留久の頭に、がはがは笑う母が浮かんだ。慌てて振り払うと今度は、お母さんと一緒に帰ろうね、と抱きしめられたときのにおいがよみがえった。みっちゃん、みっちゃん、みっちゃん、と母が頭のなかで呼んでいる。

ウサギという男がやってきたのは、夜の一〇時を過ぎてからだった。

「歌子さんは……いないよな」

彼は居間を見まわし、がっかりした声を出した。奇妙なファッションだ。千鳥格子のハンチング帽をかぶり、黒いオーバーの裾から見えているのはセンタープレスの真っ赤なズボンで、マフラーは緑色のトランプ柄。夜なのに黒いサングラスをしている。ハンチング帽を取るとスキンヘッドが現れ、ガラの悪さがさらに際立った。

居間には、すでに就寝した政江以外が揃っている。江口と純矢はソファに座り、太助は食卓を挟んだ美留久の斜め前にいる。

「新入り?」

ウサギという男は美留久に声をかけた。

「ええ、あ、は、」

美留久が答えきらないうちに彼は大股でソファへ向かい、「ほら、これ」と純矢に紙袋を差しだした。

「あしたのジョー。名作中の名作だ。特別に貸してやるよ」

純矢は興味なさそうに、それでも紙袋から一冊取りだした。

「ボクシング？」

「そうだ」

「殴りあいでしょ。読む価値ないよ」

「ばか、生き方変わるぞ」

「ふんっ。マンガなんかくだらん」

江口が吐き捨てる。

「えぐっちゃん、そりゃ偏見だぜ。マンガは文化なんだよ」

「変な呼び方するなと何回言えばわかるんだっ」

ソファにいる三人は盛りあがっているのか言い争っているのかわからないが、美留久がないがしろにされていることはたしかだ。「新入り？」と聞かれ、「ええ、あ、は、」とまで答えたくちびるは、まだ「は」の半開きのままだ。「い」まで答えないと自然な流れで閉じられないではないか。

「なあ、歌子さんは何時に帰ってくんだよ」

ウサギはソファの狭いスペースに尻をねじこんだ。

「ちょっと。無理やり座らないでよ」

「今日も遅いのかな」

「知らないよ。自分で聞けばいいでしょ」

「ぜんぜん連絡つかねえんだよ。いっそ俺もここに住んじゃおっかな」

「ふざけるなっ」

そう言ったのは江口だ。

「まじ本気なんすけど」

「だめですよ」

食卓から太助が口を挟んだ。

「なんでだよ。もしかして、亀ちゃんも歌子さんのことが好きなんじゃねえの」

「亀ちゃんとか呼ばないでください。僕のほうが年上なんですから」

「あれれ、ごまかしちゃって。亀ちゃんも、歌子さんの母性にやられちゃったクチか」

「変なこと言わないでください」

四人の男たちは、ここにいる美留久を完全に無視している。

慣れっこだった。いままで何度もこういう状況を経験してきた。自分がデブだと気づいてしまった高校時代、函館での短い専門学校時代、札幌に来てからの二年間もそうだった。しょうがないと思っていた。だってデブだから。自分がデブだと知ってる人間だから。

「なんでかな」

声にした感覚があるのに、誰も美留久に目を向けない。斜め向かいの太助でさえ美留久に横顔を見せ、ソファにいるウサギに「そりゃ歌子さんには感謝してますよ」なんて言っている。歌子、歌子、歌子、歌子、みーんな歌子。なんでかな？　どこがちがうっていうの？　あたしとおんなじデブじゃない。

「ちがうと思いますっ」

叫ぶと同時に立ちあがっていた。

「あれが母性ですか？　足が悪い母親をほったらかしにしてなにが母性ですか。自分勝手に暮らしてなにが母性ですか」

声が震えていた。手も足も震えていた。どこもかしこも震えているように感じられた。

四人はしばらくぽかんとした顔を美留久に向けていたが、やがて太助が口を開いた。

「歌子さんは仕事で忙しいんです。生活費を稼ぐのもお世話のひとつじゃないですか。しかも、僕たち居候の分まで」

「なにムキになってんの？　もしかして、歌子さんに対抗心燃やしてるとか？」

ウサギが笑う。

こめかみで火花が散った。

母親を放って好き勝手に生きる女を、笑わない女を、太った女を、どうしてみんなちやほやするのだろう。

美留久は居間を飛びだし、オーバーも着ずに家を出た。

吐きだした息が魂の形になって後方へと流れていく。降り積もった雪で防風林はほの白く、どこからか除雪車のうなるような音が聞こえてくる。

三階の左側、三〇一の窓にはあかりがついていた。

あの女がいる――。腹の底の怒りが勢いを増した。勢いのまま階段を上り、インターホンを立てつづけに鳴らした。居留守を使わせてなるものか、と人差し指に力が入った。

ドアが開いて歌子が顔をのぞかせる。

「なに」

「なにじゃないっ」

美留久はドアを思いきり引いた。

歌子の背後には男がいた。地下鉄のホームで声をかけていた若い男だ。

――たぶんひとめぼれだと思います。

鼓膜の奥で、あのときの声がはっきり再生された。

「なんで？」

声を出したら顔がくしゃっと崩れ、喉がひっくと鳴った。

「なんであんたばっかり。あたしだって、あたしだって……」

しゃがみこんだとたん、怒号にも似た激しい泣き声があふれだした。「悪いけど帰ってくれる？」という冷淡な歌子の声が、自分の咆哮《ほうこう》の隙間を縫って耳に届いた。


帰ったのは若い男だった。

涙の残量がゼロになり、かすれた声しか出なくなったころ、歌子に促され部屋に入った。

カウンターキッチンと八畳ほどのリビング、その奥に引き戸で仕切られた部屋がある。黒地にピンクの水玉のカーテン、黒いソファにはどくろ柄のクッションがあり、ピンクのラグマットの上にヒョウ柄のブランケットが落ちている。

美留久の目はローテーブルの上に釘づけになった。

食べかけの料理が並んでいる。生ハムがのったサラダ、マスタード色のソースがかかったローストビーフ、ペンネアラビアータ、マッシュポテト、薄く切ったバゲット。赤ワインのボトルが一本と、飲みかけのグラスがふたつあり、グラスの縁についたくちびるの跡が生々しい。

ふと、大学生ふうの男が帰り際、またつくりに来てもいいですか？　と言っていたのを思い出した。

男につくらせたのか。そう思ったら、嬉々としてキッチンに立つエプロン姿の男と、ソファにふんぞり返ってワインを飲む歌子が、まるでこの目で見たかのようにはっきりと浮かんだ。

「男を連れこんでんだ？」

つぶやいたら、舌がざらりとした。

歌子は食べかけの皿を下げると、残った料理をためらうことなくごみ箱に捨てた。サラダが、ペンネが、マッシュポテトが、一瞬のうちに生ごみに変わる。

「母親はほったらかしで、ここで男といちゃついてるんだ？」

「まあね」

カウンターキッチン越しに歌子は平然と答える。

「母親の食事の仕度もしないで、自分は男がつくったものを平気で食べるんだ？」

ふ、と歌子がかすかな笑みを漏らしたように見えた。

「あの人、人殺しのつくったもんなんか食えるか、って思うよ」

「え？」

歌子は答えず、皿を洗いはじめた。奇妙に穏やかな表情だった。

「人殺し？」

「ストーカー？」

水道の音が止まったとたん、声が重なった。

「つけてたよね」

と、先にふたことめを発したのは歌子だった。

「あたしが気になる？」

みことめも歌子。

思わずうつむいた瞬間、美留久は負けを認めた気になった。

片づいたローテーブルに、白ワインのグラスがふたつ置かれた。歌子はラグマットの上であぐらをかくと、ワインをひと口飲んだ。ピンクと紫のボーダーのニットにマキシ丈のフレアスカートという、歌子にしてはおとなしめの恰好だ。ただ、五本指ソックスの親指部分にどくろがついている。

「座れば」と言われ、美留久はソファに座った。沈黙が漂う部屋に、遠くの除雪車の音が入りこんでくる。ふと、実家で過ごした一年前の大晦日の夜を思い出した。

あの日は夕方から雪が降りだしたから、紅白歌合戦がはじまるころには大晦日といえどもあちこちで除雪車が稼働していたはずだ。それなのに美留久の耳が除雪車の音をキャッチしたのは、除夜の鐘を聞き終え、布団に入ってからだった。それまでは母のおしゃべりやがはがは笑いが絶え間なく、家の外の音が入りこむすきがなかったのだ。あの夜、布団のなかで除雪車の音を聞きながら、母が寝ているだけでこんなに静かなんだな、と思ったのだった。

「ここのこと誰かに言った？」

そう聞かれ、はっとして歌子に目を向けた。首を振った美留久に、歌子は小さくうなずく。

「隠れ家、あたしの」

「男を連れこむための？」

歌子は答えない。

「なんで？」

なんでもてるの？　なんであたしはもてないの？　なんでちやほやされるの？　なんであたしはちやほやされないの？　そう聞きたかった。

「うち、人多いから」

「居候でしょ。出てってもらえばいいじゃない」

「いていいよ」

歌子は真顔で美留久を見据え、「生活費なんか気にしないでずっといればいい」と続けた。

「なに企《たくら》んでんの？　あたしに政江さんの面倒みさせるつもり？」

歌子はワインをゆっくり飲んで時間を稼ぐことで、答えをうやむやにしようとしている。

「自分の母親の面倒ぐらい自分でみなさいよ」

「殺したらさすがにまずい」

言葉の過激さをみじんも感じさせない落ち着いた口調だ。

「母親が嫌いなの？」

聞いたのは美留久のほうなのに、歌子は返事を待っているかのようなまなざしを向けている。

「あたしは嫌い」

ぽん、と言葉が飛びだした。

歌子は表情を変えない。この先、美留久がなにを言っても驚きも笑いもしないと感じさせる揺るぎなさだ。

「あたし、やっと生まれた女の子だった。結婚一〇年目に神様から授かった宝石、だって。ばかみたい。お母さんなんて、小さいときからあたし命みたいな感じで、甘やかして、なんでもしてくれて、だからあたしこんなになった。ぜんぶお母さんのせい、お母さんがあたしを愛しすぎるからほかの人に愛されないんだ。お母さんの愛情でいっぱいだからほかの人が入る隙間がないんだ」

泣いている感覚があるのに、目をぬぐっても指は濡れていない。きっと言いたりないからだ、まだまだ言いたいことがあるからだ。

「笑いなさい、なんて言われても、こんなんで笑えるわけないよ。あたし、笑えない。もう一生笑えない」

まだ涙が出てこない。泣いているはずなのに、泣きすぎて苦しいほどなのに。

「ぜんぶお母さんのせいなんだ。あたしを太らせたのもだめにしたのも不幸にしたのも、ぜんぶお母さん。お母さんが太ってるから明るすぎるから笑ってばかりだから。ねえ、ばかみたいでしょ？　三〇にもなってぜんぶお母さんのせいにするなんて、ばかみたいだと思うでしょ？」

「思わない」

「じゃあ、ひどいでしょ？」

「うん」

「あんたにはわかんないよっ。好き勝手やって、みんなからちやほやされて。なんで？　なんであんただけ、」

「ちがう」

「ちがわないっ」

「ひどいのはあんたのお母さん」

一瞬、魂が抜かれたようになった。

「あたしの、お母さん？」

歌子は躊躇なくうなずく。

「なんで？　なんであたしのお母さんがひどいの？」

「子供にそう思わせる母親が悪い」

母を悪く言う人にはじめて会った。母は太陽のようだとみんなから愛されている。その愛を一心に美留久に注ぐのだ。

「で、あんたはどうしたいの？」

歌子が聞いてくる。

「どう、って」

「どうなりたいの？」

「痩せたい」

うん、と歌子がうなずく。

「あと、美容師になりたい」

それからきれいになりたい、と声にはせずに続けた。

「それまでいればいい」

「それまで、って？」

「痩せて美容師になるまで」

痩せて、美容師になって、きれいになって、家族以外の人に愛されるまで。美留久は催眠術にかかったようにうなずきそうになった。

「あんたのなかからお母さんの愛が抜けるまで」

歌子のその言葉で、顔の前で手を叩かれたかのように催眠術が解けた。気がついたら立ちあがっていた。

「じゃあ、なにもなくなっちゃうじゃない。あたし、からっぽになっちゃうじゃない。ただの膨らみすぎた風船じゃない」

お母さんの愛がなくなったら、あたしにはなにも残らない。空洞を抱えたデブになってしまう。いまのあたしは、お母さんでできているから。それが怖い。それが怖かったのだ。

「約束したから、実家に帰るって。お母さんと約束したから。だから青森に帰らなきゃ」

歌子のまなざしが美留久のからっぽを捉えている気がして、彼女と目を合わせることができなかった。

美留久は深々と頭を下げた。

「お世話になりました」

いまなら函館行きの高速バスに間に合うはずだ。函館でJRに乗りかえれば、明日の午前中には実家に着く。

早乙女理容室も早乙女美容室もシャッターが下りているが、店舗の前はきれいに除雪されている。

美留久は階段を上り、自宅のドアを開けた。

いきなり帰ってきた美留久に、居間にいた父と兄は飛びあがるほど驚いた。

「みっちゃん」

父は呆けたようにつぶやき、

「どうしたんだ？」

兄は驚きをそのまま声にしたが、美留久はふたりを無視して奥の和室に入った。いちばん先にただいまを言いたい人がいる。

「お母さん」

母はいつだって笑顔で美留久を迎えてくれる。

「お母さん、ただいま。遅くなってごめんね」

みっちゃん、おかえり、と黒縁のなかの母が笑いかけてくれた。けれど、もう抱きしめてくれることはない。

「よかった、みっちゃん。無事でよかった」

「いままでなにやってたんだ」

「心配したんだぞ」

「みっちゃん、大丈夫か？」

父と兄の声が背後でする。

美留久は母にすがりつきたかった。そのためには遺影を抱きしめればいいのか、それとも骨壺を抱きしめればいいのかわからず、畳に突っ伏した。

母の急死を知らされたのは、歌子の家の居候になる前日だった。

昼を過ぎてもまだ眠っていた美留久を兄からの電話が起こした。

何度聞き直しても兄は、母が死んだと言う。トイレで倒れているのを父が見つけ、救急車を呼んだがすでに手遅れだった。脳内出血らしい。兄の泣き声をはじめて聞いた。美留久の記憶のなかに、家族の誰かが泣いていたシーンはなかった。

気がついたら、外にいた。いつ部屋を出たのか覚えがなかったが、自分が実家に帰ろうとしていることに思いあたった。

ああ、そうか。お正月を家族みんなで過ごすためにこれから帰省するんだ。いつものように紅白を観ながらごちそうを食べるんだ。

美留久は母の携帯に電話をかけた。あ、みっちゃーん？　と明るい声が聞こえてくると思った。しかし、聞こえてきたのは兄の声だった。

「あ、お兄ちゃん。お母さんは？」

美留久の呼びかけに、兄は数秒の沈黙を挟んだ。

「みっちゃん、しっかりしろ。さっき言ったよな、母ちゃんは亡くなったんだ。どうした、大丈夫か。もうこっちに向かってるか？」

あたしが殺したんじゃないか――。

脳天を打たれたようにそう思った。

美留久は、自分がデブだと気づいた一五年前から、毎日、母を呪い、恨み、憎んできた。自分の暗く凶暴な感情が凶器になった気がした。美留久に当たるべき罰を、母が引き受けてくれた気がした。母はどこかで予期していたのかもしれない。だから、年末年始を実家で過ごすようあれほど強く願い、交通費まで送ってきたのだ。

兄の喚き声が聞こえる。変だな、お母さんに電話したのに。美留久はスマホの電源を切った。

帰っちゃだめだ――。本能がそう告げた。

お母さんがいなかったら、あたしもいない。だって、あたしはお母さんでできているから。実家に帰った瞬間、あたしもお母さんも消えてしまう。世界がまるごとなくなってしまう。

振り返ったらコンビニが見えた。「なんか買ってこっと」と、小さく声にして美留久は来た道を戻った。アパートに帰ると、こたつで夜通し食べつづけた。お母さんのせいだ、お母さんがあたしをこんなふうにした、といつものように母への恨みつらみを胸に昇らせて日常を継続させた。

*

父が泣いている。兄が泣いている。美留久も泣いている。スクラムを組むように畳に突っ伏して。それでも母だけはがはがは笑っていた。

早乙女さんが急にいなくなって、政江さんはさびしそうだった。

「いい子だったのにねえ」「ずっといればよかったのにねえ」と繰り返し言ったけど、僕には理解できない。歌子さんがふんぞり返ってる正体不明のデブだとしたら、あの人はうつむいてるただの暗いデブという印象しかなかった。

「あの子といると花子を思い出したんだよ」

嘘がばれているとも知らず、政江さんはそんなことを言った。「へーえ」と僕が流すと、

「ほんとだよ、ほんとうに思い出したんだよ」

調子にのった政江さんは、眉を八の字にしてため息をつくという演技をしたのだった。


それから数日後のことだ。

学校から帰ったら誰もいなかった。いつも鍵をかけない玄関が閉まっているのに気づいたときに、なんとなく嫌な予感がした。

合鍵で入ると、食卓にメモがのっていた。殴り書きの文字が、嫌な予感を現実にした。

〈政江さんが倒れました。あとで電話します〉

僕は電話を待った。八時になって玉子かけごはんとロールパンを食べた。電話は鳴らないし、誰も帰ってこない。

政江さんは大丈夫かな。まさか死んじゃったとかないよね。落ち着かなくて、座ったり立ったり歩いたりを繰り返した。

九時を過ぎてから風と雪が強くなった。家のあちこちが、がたがたっ、ぱらぱらっ、がたっ、と鳴りはじめる。不安に恐怖が加わった僕は、テレビのボリュームを上げた。こんなにも不安と恐怖を感じているのに眠くなるのはどうしてだろう、テレビが大音量を放っているにもかかわらず、いつのまにかソファでうとうとした。なにかが動きまわる音で目が覚め、まだ寝ぼけてたけど、それは幽霊なんかじゃなく、この家の住人だということはわかった。

太助と江口さんだ。

「政江さんは？」

体を起こして僕は聞いた。

「あ、純矢くん、電話しなくてごめんね。政江さん、緊急手術してさっき終わったばかりなんだ。歌子さんはまだ病院にいるよ」

「脳梗塞だ」

江口さんが補足する。

どちらの顔もこわばっていた。

「脳梗塞っていうのは脳の血管が詰まる病気なんだ」

今度は太助が補足したが、江口さんへの対抗心によるものではなさそうだ。

「大丈夫なの？」

「大丈夫だよ。手術は成功したから」

うん、と自分を納得させるように太助はうなずいた。


次の日の放課後、僕は病院に行った。

政江さんは個室にいた。脳の手術をしたんだから、スキンヘッドに包帯をぐるぐる巻かれているかと思ったのに、ちゃんと髪の毛があってネットみたいなものをかぶっているだけだった。点滴をされながらぼうっと天井を眺めている。

政江さんの顔が傾き、薄く開けた目が僕を捉えた。骨折したときのように「無理やり歩かせるんだよ」とか「治るもんも治らないよ」とか文句を言うのだと思った。

「花子はまだかい」

はっきりとした声だった。

「はいはい、わかったわかった。手術したんでしょ？　大丈夫？　痛くない？」

「花子を呼んでほしいって何回も言ってるのに、まだ来ないんだよ」

「ねえ、太助はどこ？」

「ああ、花子を呼びに行ったのかもしれないねえ」

「はいはい、もういいって。歌子さんは？　来てないの？」

突然、政江さんの顔が蠟《ろう》人形みたいに固まった。眼球もくちびるもぴくりとも動かず、あれ？　と思った次の瞬間、叫び声が僕の鼓膜を貫いた。

「花子ーっ。花子ーっ。花子はどうしたんだよっ。いつ来るんだよっ。花子ーっ。花子を呼べって言ってるじゃないかーっ」

僕は動けなかった。目の前で叫び、両手をばたつかせている政江さんが、ふつうの人間には見えなかった。

すぐに看護師が入ってきた。こんな状態なのに、「あらら、どうしたのかなあ」とのん気だ。

「花子はいつ来るんだよっ。花子に会いたいんだよっ」

看護師は点滴の針が刺さった政江さんの腕を押さえながら、「大丈夫、大丈夫」と子供をなだめるように言う。

「花子さん、もうすぐ来るって。だから静かに待ってようね」

看護師の言葉で、政江さんは落ち着いた。「ああ、そうかい」と少し笑うと、目を閉じた。

寝息が聞こえだすまで数秒しかかからなかった。

「あの……」

「大丈夫よ。せん妄っていってね、病気のせいでちょっと意識が混乱してるの。心配しなくていいからね」

「でも、花子なんて人いないんです」

「記憶や夢がこんがらがってるのよ」

「でもいま、もうすぐ来る、って」

「そう言えば落ち着くからよ」

看護師はそう答えると、ちょっといたずらっぽい顔になって、「いない人が来るわけないものね」とささやいて出ていった。

それでも僕は安心できなかった。いや、むしろ不安が濃くなった。恐ろしい仮説を思いついてしまったのだ。

防風林の花子さんの呪いではないのか――。

首を吊って死んだ花子さんが、防風林沿いに住みつづける政江さんを崇《たた》ったのだ。霊となった花子さんは、政江さんの頭のなかで確固たる姿を持ってしまった。

そうは考えられないだろうか。

背後で足音がした。看護師が入ってきたのかと振り向いた。歌子さんだ。

でも、僕は声をかけることができなかった。それがほんとうに歌子さんなのか、判断に迷ったからだ。

まんまるな顔と無表情な目。破裂寸前まで膨らんだ体。でも、その人には歌子さん的な飾りがひとつもなかった。黒い髪は胸に垂らしているだけだし、真っ赤な口紅も塗っていないし、ありふれた紺色のダッフルコートを着て、バッグは無地のベージュだ。

その人は僕を無視して、ベッドの上の政江さんをのぞきこむ。

「お母さん、花子です」

歌子さんの声でそう言った。

第四章　春、再び夏

毒入りシチュー

土曜日の午後、僕は江口さんと大型ショッピングセンターに来ていた。

広い敷地にはスーパーのほかに、ホームセンターとファミリーレストランとレンタルショップが建っていて、駐車場は入る車と出る車がひっきりなしで、荷物を抱えた家族連れがたくさんいた。江口さんは買い物に、僕はお小遣いをもらうために、一緒に来たのだった。

江口さんが持つかごのなかには、もやし、長ねぎ、人参、豆腐が入っている。このあと、玉子と豚バラ肉を買って終わりだろう。どうせべたついたチャーハンか、味の濃い豚丼か、しなっとした野菜炒めか、特徴のないうどんくらいしかつくれないのだから。

「新発売のソーセージですよー。なかにチーズがたーっぷり。お子様も大好きな味ですよー。試食していってくださいねー」

試食販売の声が耳に届き、僕は早足で向かった。

タダで食べられるというのに、ホットプレートが置かれた台の前に客はいない。販売員の声がむなしく響く。

「新発売のソーセージですよー。試食してくださいねー」

目が合った。

「あっ、ボク。チーズの入ったソーセージ。おいしいよ。食べてみて」

もちろん食べる。そのつもりで来たんだから。

今日は、太助の新しいアルバイトの初日だ。客のふりをしてほしいと頼まれたのは昨晩のことだった。ソーセージを食べて、「おいしー。こんなおいしいソーセージ、はじめて食べたよ」と大声で言えば、それだけで一〇〇円もらえるはずだった。

それなのに手を伸ばしかけたとたん、さっと割りこまれ、横取りされた。

「おいしーっ。すごくおいしーっ。ねえねえ、もっと食べたい」

その子は僕の科白まで横取りした。
四、五歳の男の子だ。やめなさい、と制止する母親を無視して、「やだやだ、もっと食べたいよう」と地団太《じだんだ》を踏んだ。
「ちょっと、やめなさい。みっともないでしょ」

「だってほんとにおいしいんだもん。ママ、これ買って」

「だめだめ」

「ボク、もうひとつ食べてみる?」

うん! と男の子はふたつめのソーセージを食べると、「おいしーおいしーおいしーっ。買ってー買ってー買ってー買ってーっ」と連呼した。

その無邪気な駄々の集客効果は抜群で、試食台の前は客でいっぱいになった。

僕はその場を離れた。

「どうした? 食べなくていいのか?」

江口さんが聞いてくる。

「うん。もういいよ」

振り返ると、男の子の母親がソーセージをかごに入れるのが見えた。男の子はガッツポーズをつくってぴょんぴょん飛び跳ねている。

僕にもあんなころがあったのだろうか。買って買って、と母親に甘えた記憶はなかった。

この春、僕は六年生になった。一年後は、もう中学生だ。この先、あんなふうに駄々をこねることも、無邪気に懇願することも、誰かに全力で甘えることもないだろう。

さっきの男の子が、奇声を発しながら僕の横を走り抜けていった。

「ちょっと待ちなさい。こらっ」

かごを持った母親が追いかける。

「お菓子お菓子。次はお菓子だもーん」

「だめって言ったでしょっ。ああ、もう」

きっとあの子はお菓子も手に入れるんだろう。

甘えられる相手がいるって、いくらの価値があるんだろう。どう計算したらいいかわからないけど、なんだか莫大な価値がありそうだ。最近、僕のなかで、価値はあるのにお金に換算できないものが増えていってる気がする。

いままで僕は、大人になるほどお金も架空貯金もどんどん増えていくんだと思っていた。そして、公務員になりさえすれば、社会的地位も安定した生活も手に入って、なに不自由なく暮らせるんだと信じていた。でも、ボロ家で暮らすようになってからその考えが揺らぐようになった。たとえば、太助と江口さん。ふたりとも大学まで出たっていうのに、どうして家もお金もなくしてしまったんだろう。大人になるって、いろんなものが手に入るだけじゃなく、逆にいろんなものを失うこともあるのかもしれない。じゃあ、僕はこの先、なにを目標に生きていけばいいのだろう。

「ほら。これ見てみろ」

江口さんの声に目を向けると、乳製品コーナーを指さしている。

「歌子さんの飲むヨーグルト買ってくの？」

「ちがう、これだ」

江口さんは人差し指をさらに伸ばす。

「な、な、ほ、し、牛乳？」

ああ、思い出した。たしか江口さんが働いていた会社が七星とか言っていた。

「会社つぶれたんじゃなかった？」

「名前が残っている商品もあるんだ。ほら、このヨーグルトも七星の名前がついてるだろ」

「じゃあ買ってく？」

牛乳を取ろうとした僕の腕を、「待て」と江口さんがつかんだ。理由は聞かなくてもわかる。ななほし牛乳はいつも飲む牛乳の二倍の値段だ。

江口さんは、見慣れたパッケージの牛乳と飲むヨーグルトをかごに入れた。目で怒って、口をへの字に結んで我慢している。

「仕事ったって、金・土・日の週三日だけだからな。しょせんはアルバイトだ」

唾を吐くように言ったのは太助のことだ。

「祭日もだから、週四日になるときもあるよ」

僕の指摘を無視した江口さんはむっつりしたままだ。

大人になりすぎたこの人は、いままでどんなものを失ってきたのだろう。僕が知ってるのは、家とお金と家族だけだけど、こんなふうになるくらいだからもっとたくさんのものがあるんじゃないかな。

家に帰ると、政江さんが食卓でおかきを食べていた。

政江さんが退院したのは、一〇日ほど前だ。まだ歩き方が危なっかしいけど、それは昨年秋の骨折と、二か月間の入院生活で筋力が落ちたせいらしい。

僕はいまだに、花子さんのことを誰にも告げられずにいる。

あの日、花子さんという人が病室にいたのは一分くらいだった。「お母さん、花子です」と言ったきり、その人はベッドの上の政江さんを見おろすだけだった。僕にはあのときの花子さんが、政江さんが目を覚まし、なにか言うのをじっと待っているように見えた。平然とした顔つきなのに、なにかを我慢しているようでもあった。僕は思い出した。政江さんが骨折したとき、歌子さんがほんの一瞬だけこんな顔になったことを。それは僕自身にも通じる表情だった。

花子さんを見たのは、僕ひとりだ。政江さんは眠っていたし、太助は売店に行っていたし、歌子さんは病院には来ていなかったらしい。

あれは花子さんという人だったのか、それとも歌子さんだったのか。考えれば考えるほど混乱して、誰に、なんて聞けばいいのか思いつかなくて、タイミングを失っていまに至っている。

「太助は真面目に働いてたかい?」

おかきを嚙み砕きながら政江さんが聞いてきた。

「まあ、太助なりにがんばってたよ」

「ソーセージはくれたかい?」

「くれないよ」

「なんだい、ケチだね」

お小遣いの一〇〇円ももらいそこねたよ、と心のなかでつけたした。

江口さんは、食材を冷蔵庫にしまうと二階に上がってしまった。

おかきを口に放りこんだ僕は、いつものくせでこのちっちゃなひと粒がいくらなのか計算しようとした。なにげなく顔を上げると、食卓越しの政江さんと目が合った。

うまく説明できないけど、政江さんは変わった。おかきを食べる速度が遅くなったり咀嚼する音が弱くなったのは入院していたせいだと思う。動きがぎこちなかったり、声に張りがなくなったり、以前ほどしゃべったり食べたりしなくなったのも、入院したせいだと思うことができる。

でもそんなことより、僕には政江さんが薄くなったように見えた。灰色がかった瞳の色も、しわを刻んだ皮膚も、体の輪郭も厚さも、声や咳やくしゃみも。政江さんの存在そのものが薄くなって、いまもどんどん薄まっているように感じられた。

「あたしはもうじき死ぬのかもしれないねえ」

僕の心を読んだようなつぶやきにぎょっとした。おかきのかけらが喉に張りついて激しく咳きこんだ。咳きこんでよかった、どう答えればいいのか考える時間ができたから。咳きこみながら横目で見ると、政江さんは真顔だった。

この人はこんなに歳を取るまでどんなものを失ってきたのだろう。

「おかきぼりぼり食べながら、よくそんなことが言えるね」

ようやくそう返した。

「あんたに、花子のことは話したことがあったかねえ」

どきっと心臓が反応したけど、僕は冷静を装った。

「そういえば前に聞いたよ。歌子さんの双子のお姉さんだっけ。たしか遠くにいるんだよね」

「そう、すごく遠いところだよ。でも、もうだいぶ近づいたのかもしれないねえ。あたしももうじき死ぬみたいだから」

「だから、おかき食べながら言う科白じゃないって」

「花子は死んだんだよ」

その言葉に、僕は驚いた。でも、少しだけだ。自分が少ししか驚かなかったことで、うっすらとそう予想していたことに気づいた。

「病院の枕もとに花子が現れたんだよ。お母さん、花子です、って。あれはお迎えに来たんだろうね。あのとき、花子に話しかけようとしたんだよ。それなのに金縛りにあったみたいに体が動かなくてさ。幽霊でもいいから現れてくれないかとずっと思ってたのに、いざとなったら思いどおりにいかないもんだねえ」

じゃあ、あれはやっぱり歌子さんだったんだ。あの重量感と存在感は、絶対に幽霊なんかじゃなかったもの。

「花子が死んだのは中学三年のときだったよ」

中学三年ってもう大人な感じがするけど、僕より三つ年上なだけだ。

「歌子が花子を殺したんだ」

「へっ」

びっくりしすぎてしゃっくりみたいな声が出た。それきりなにか言うどころか息もできなくなった僕に、「花子が死んだのは歌子のせいなんだ」と政江さんは言い方を変えた。

「それ、どういうこと?」

やっと出た声は上ずっていた。

「歌子が毒入りシチューを食べさせたんだよ」

「嘘でしょ」

反射的に言っていた。毒入りシチューって、そんなサスペンスドラマみたいなことが実際に起こるなんて信じられない。

「だって毒入りシチューなんて、歌子さんが？　なんで？　どうして？」

政江さんは答えなかった。そのかわりに、「あたしは死ぬのかもしれないねえ」とおかきに手を伸ばしながらまたつぶやいた。


意外なことに、太助の出勤日は少しずつ増えていった。派遣会社に登録した太助は、いろんなスーパーでソーセージやジンギスカンやもずくの試食販売をしているらしい。平日でもちゃんとした大人のように夜の九時すぎに帰ってくる日が多くなった。そうなると、晩ごはんをつくるのは江口さんだ。昨日はべたついたチャーハンだったから、今日はしょっぱい豚丼か食感のない野菜炒めかもしれない。太助がつくる晩ごはんは平均七〇〇円くらいなのに、江口さんの晩ごはんは二〇〇〇円がいいところだ。たかが晩ごはんで、家に帰るのがなんでこんなにつまらなくなるのだろう。

居間のドアを開けると、足もとに白いものが飛びついてきた。ふいをつかれて尻もちをついた僕に、それはよじ登り、顔じゅうを舐めまわす。

誰か助けて。息ができない。それなのに笑い声がする。

自力で引き剝がすと白い子犬だった。

「なんなの、この犬」

食卓には、江口さんと政江さん、それにがはがは笑っている早乙女さんがいた。早乙女さんは冬にちょっとだけ居候していた人だ。半年もたってないのにどことなくすっきりした印象で、もしかして痩せたのかもと観察してみたけど、ぜんぜん痩せてはいなかった。

「あたしのこと覚えてる？」

僕がうなずくと、「あ、嬉しい」とまたがはがは笑う。

「青森に帰ったんじゃなかったの？」

「春からまた札幌に来たの。美容師の専門学校に通ってるんだ」

「大人なのに学生なの？」

「うん。学生をやり直してるの」

「またここに居候するの？」

「ちがうけど、たまに遊びに来るからよろしくね」

しゃべり終わったあと笑うのはくせなのだろうか。でもこの人、こんなにしゃべってこんなに笑う人じゃなかったよね。

「卒業したら美容師になるの？」

「そうだよ」

「美容師って給料いい？」

「最初は安いよ。でもあたし、実家の店を継ぐから」

ゴムボールみたいに飛びついてくる犬をかわしながら、僕はこれっぽっちの疑問も持たずに聞いた。

「これ、早乙女さんの犬だよね」

「ううん。センターから引きだした保護犬だよ。たぶん柴のミックス。生後四か月くらいだって。純矢くんは散歩係になるのかな」

「なんのこと？」

「あれ、聞いてない？　里親さんが見つかるまでここで預かってもらうことになったの。預かりボランティアっていうんだよ」

「無理だよ。誰が世話するの？」

「江口さん。ボランティアに協力してくれるんだって」

「嘘でしょ」

江口さんを見ると、わざとらしい仏頂面をしている。

「歌子さんは知ってるの？」

「もちろん。けっこう乗り気だったよ」

信じられない。

早乙女さんは抱きあげた犬を政江さんの膝の上にそっと下ろした。犬は後ろ脚で立ちあがり、はっはっはっ、と荒い息を吐きながら政江さんの顔を舐めようとする。

政江さんは頰をゆるませ、犬の頭をそっと撫でた。その手を、犬がぺろぺろ舐める。政江さんが笑い声をあげる。

「子犬ってのはけっこうかわいいもんだねえ」

しみじみとした口調だ。

「ほんとに江口さんが世話するの？　江口さんにできるの？」

「まずはしつけだな。最初が肝心だからな」

自分のしつけさえできないのによく言うよ。

「江口さんは犬に詳しいんですよね。だから安心してお願いできます」

「いやあ、そうでもないさ。ただ俺は、北の幸シリーズの開発者だからな。それなりに知識はあるが」

「すごいですよねえ。まさか、あのフードをつくったのが江口さんだなんて。世の中狭いですね」

「まあ、たしかにそうだな」

江口さんは高笑いしそうなほど調子にのっている。

「いまからでも間に合うのかね。いい子に育つのかねえ」

犬に舐められている手を見つめながら、政江さんがつぶやく。

「もちろんですよ。ちょうどいまがしつけをはじめる時期ですから。基本は褒めること。叩いてしつけるのは絶対にだめです。ですよね、江口さん」

「そ、そうだ。それが基本中の基本だ」

この人、やっぱり犬のこと知らないと思う。

「絶対無理だよ。僕は犬なんか興味ないし、太助はいないことが多いし、ほんとに江口さんひとりで世話できるの？」

「あたしもするよ」

聞きまちがえたと思った。

「いまなんて言ったの？」

「あたしも犬の世話をするって言ったんだよ」

犬に手を舐められながら政江さんは答えた。

それだけでも十分な驚きだったのに、犬に必要なものを買いに行くという早乙女さんと江口さんに、政江さんはついていった。数日前、死ぬ死ぬ、と繰り返した人とは思えないほど浮かれていた。

僕も誘われたけど、行ったが最後、なにもかも押しつけられる気がして断った。三人と一匹が出ていった居間にはかすかにおしっこのにおいが残っている。

牛乳を飲もうと冷蔵庫を開けたとき、ドアが開く音がした。三人のうちの誰かが戻ってきたんだろうと振り向いたら歌子さんだった。

「あっ」

思わず声が出た。

「なにさ」

「い、いたの？」

「いたよ、上に」

今日も貫禄を感じさせる恰好だ。黒いてかてかした女スパイっぽいシャツは、胸もとが編み紐になって深い谷間がくっきり見える。同じ素材のぴちぴちパンツをはいて、蛍光イエローのパーカにはお馴染みのどくろがワンポイントでついている。バッグはいつもの赤と黒のヒョウ柄だ。

一度洗面所に行き、すぐに出かけようとした歌子さんに、僕はひと息で告げた。

「あのさ、病院に来たの歌子さんだよね」

ずっと聞きたかったことを声にしたら、溜まっていた空気がすっと抜けていくのを感じた。

「政江さんが入院したとき、花子です、って言ったの、あれ歌子さんだよ。絶対にそうだよ」

歌子さんのくちびるが歪んだ。笑ったようにも、困ったようにも見えた。どちらにしても真っ赤に塗られたくちびるは不気味だ。

「歌子さんに双子のお姉さんがいるなんて、僕、政江さんが嘘をついてるんだと思ってた。だって、歌子さんに聞いたら、この世にあたしみたいな人間がふたりもいると思う？　なんて言うし」

「いると思う？　って聞いただけ」

歌子さんは平然と答えた。

「花子さんって、中学三年のときにシチューを食べて死んだの？」

歌子さんは、僕をまっすぐに見つめている。聞いているのは僕なのに、まるで問いつめるようなまなざしだ。

「……毒入りシチューを食べたって」

「あの人がそう言った？」

念を押すように聞かれてうなずいた。僕はカレンのことを「あの女」と呼ぶけど、歌子さんは政江さんを「あの人」と呼ぶんだな、とそんなことを頭の片すみで思いながら。

「ちがう。毒入りシチューじゃない」

「だよね。そんなくっだらないドラマみたいなことあるわけないよね。僕も信じなかったけどさ」

ほっとして笑いかけた僕を見据えながら、歌子さんは無表情なまま言ってのけた。

「正しくは、毒きのこ入りシチュー」

「はい？」

「毒きのこ入りシチュー」

——歌子が花子を殺したんだ。

政江さんの声が耳のなかで響いた。

嘘でしょ。ねえ、それ嘘でしょ。心の声は喉の奥から出てこない。歌子さんって人殺しなの？

呆然とする僕を残して、歌子さんは出ていった。

肝心なことを聞かなかったと気がついたのは、しばらくたってからだった。

わざとじゃないよね？

わざと殺したわけじゃないよね？　まちがって毒きのこを入れちゃったとかそういうことだよね？

いま聞かないともう二度と確かめられない気がして、僕は歌子さんを追いかけた。家を出ると、蛍光イエローのパーカが見えた。僕は走った。歌子さんはバス通りに出る寸前だ。そのとき、赤いラインの入ったバスが走りすぎていった。バスを見送る頭の動きで、歌子さんはあのバスに乗り遅れたのだと察した。

よかった。次のバスが来るまで一五分か二〇分はあるから、そのあいだに聞ける。そう思ったのに、バス通りを渡った歌子さんはバス停には行かず、一階が車庫になった三階建てのアパートに入っていった。

僕がアパートに着いたときには、階段を上っていく重量感のある音が頭上から聞こえた。僕は足音をたてないようにゆっくりと階段を上った。二階から三階へ向かう途中で、カチャ、と鍵を開ける音とドアが開閉する音が聞こえた。

三階にはドアが四つある。表札はついてない。歌子さんはどの部屋に入ったんだろう。ここは友達のうちだろうか。でも、それならどうして鍵を持ってるんだろう。そんなことを考えてたらいきなり左側のドアが開いた。

「わっ」

声が重なった。

歌子さんは、蛍光イエローのパーカから鋲がついたGジャンに着替えていた。黒いてかてかした女スパイっぽい服はそのままだ。

「忍者かよ」

歌子さんのつぶやきに、自分の着ているものを確認したけど忍者っぽくはないはずだ。

「あいつのときはすぐ気づいたのになあ」

ひとりごとの口調で言うと、参ったなあ、とため息をついた。

「あいつって誰?」

「バスに乗り遅れたから着替えた」

僕の質問を無視し、鋲のついたGジャンを自慢げに指さす。

「もしかしてここ、歌子さんのうち?」

今度も答えてもらえないんだろうと思ったのに、

「隠れ家」

あっさり認めた。

「ここに住んでるの？」

「住んだり住まなかったり」

「ひとりで？」

「そう」

「このアパートのこと、みんな知ってるの？」

「知らない」

「言っちゃだめなんだよね」

「もちろん」

歌子さんと一緒にバス停へ行った。バス通りの遠くを見たけど、まだバスは見えない。

わざとじゃないよね？　わざと殺したわけじゃないよね？　毒きのこだって知らなかったんだよね？　そう聞きたくて歌子さんを追いかけてきたのに、なかなか言葉にできなかった。

無理やり声を出したら、「あのさ」となった。

「なにさ」

無愛想な声が返ってきて、僕は気づいた。

わざとじゃないよね？　たったそれだけのことを口にできないのは、なんて聞けばいいのかわからないからだけじゃない。歌子さんがとんでもないことを言いだす気がして怖いんだ。

「あ、ううん。今度、アパートのほうに遊びに行ってもいい?」

「絶対やだね」

近づいてくるバスが見えた。

じゃあね、と僕がバス停を離れると、歌子さんは僕を見ずに片手を上げた。

歩きながら僕は考えた。わざとでも、わざとじゃなくても、どっちにしても歌子さんは人殺しなのか、と。人殺し、と思うたび心臓が跳ねた。


居間に犬のケージが置かれた。

組み立てたのは江口さんで、政江さんはえらそうに指示を出し、早乙女さんは江口さんを手伝いながらがはがは笑っていた。犬がケージに入るのは夜寝るときだけで、たいていソファの上か政江さんの膝の上にいる。

犬が来て一週間。江口さんはほんとうに世話をした。散歩に連れていき、おもらしした床を拭いたり、ペットシーツを取りかえたり、ドッグフードをやったり、脚を洗ったり。かわいがるというより、黙々と仕事をこなしているように見えた。あたしも犬の世話をする、と宣言した政江さんは、散歩についていくことと、気が向いたときにお手を教えることしかせず、溺愛するばかりだ。

僕は犬とは距離を置いている。母親にさえ世話された覚えがない僕が、なぜ犬の世話なんかしなきゃいけないんだという気持ちもあったし、うっかり手を出すと無理やり世話係にさせられる気がしたからだ。それに、犬なんか飼う意味がわからない。世話をしても一円にもならないどころか、逆にものすごくお金がかかる。はっきり言って、いらなくない？

学校から帰ると、ひさしぶりに太助がいた。クビになったのかな、と一瞬思ったけど、「おかえり、純矢くん」と笑った太助はいつもよりご機嫌に見えた。その分、ソファに座っている江口さんはむすっとしている。

「政江さんと犬は？」

太助はふすまを指さして、「昼寝中」と含み笑いをした。

「政江さん、犬と寝てるの？」

「一緒に寝るって無理やり自分のベッドに連れてったんだ。だから江口さん、へそ曲げちゃったんだよ。しつけによくないって言って」

そう言いながら冷蔵庫を開けた太助が、「じゃじゃん！」と効果音をつけて振り返った。片手にケーキの箱をかかげている。

「それケーキ？　太助が買ってきたの？　食べていいの？」

僕としたことが、太助の期待どおりの反応をしてしまった。

エクレアとプリンとモンブランがふたつずつ入っている。僕は高そうなモンブランを素早くキープした。

「ねえ、このケーキ高かった？」

「うん、まあまあかな」

「このなかではモンブランがいちばん高いよね？　いくら？　三〇〇円くらい？」

「純矢くん、お金のことは気にしなくていいんだよ」

お金のことを気にしないから、太助は家も仕事もなくして居候になったんじゃないのかな。

この人、自分のことどう思ってるんだろう。

「じゃじゃん！」

太助がまた意味不明な効果音を出す。

「なにそれ」

「変な声を出すな」

江口さんは不機嫌そうにプリンを皿にのせた。

「わたくし、ついに就職が決まりましたっ」

敬礼なんかしてばかみたい。

「いまだって働いてるじゃん」

「そうじゃなくて純矢くん、いまのはバイトだよ。今度は就職。正社員だよ、正社員。僕、とうとうやったんだよ」

「へえ」

僕はモンブランを口に入れた。ふわふわで甘くておいしい。

「もっと喜んでよ、純矢くん」

「だって」

「だって、なに？」

「だまされてるんじゃないのか、また」

僕の頭のなかを江口さんが声にした。「また」を強調したのもまったく同じだ。

「ちがいますよ、ヘッドハンティングですよ」

「ああっ？」

江口さんの声に怒りが混じる。

「ヘッドハンティングってなに？」

「仕事ができるやつを引き抜くことだ」

「じゃあ、やっぱりだまされてるね」

「ちがうってば。いま契約してる人材派遣会社から、うちの社員にならないかって声をかけられたんだ。試食販売の仕事ぶりを買われて、営業職に就かないかって」

「ほんとだと思う？」

僕は江口さんに聞いた。

「思わんな」

「そんなに疑うならプリン食べないでくださいよ」

「もう食った。会社名と電話番号を教えろ」

「なんでですか？」

「架空の会社じゃないか調べるに決まってるだろ」

「ちゃんとした会社ですよ。現に僕いま、契約してるんですから」

「いいから早く言え」

江口さんは立ちあがって電話帳を開いた。僕も電話帳をのぞいた。

江口さんの人差し指が上から下へと滑っていく。その指が止まった。

「あった」

僕と江口さんの声が重なる。

「金は要求されてないだろうな」

「ないですよ。僕だってばかじゃないんですから、そうそうだまされませんよ」

けっ、と江口さんが顔をそむける。

「いつから働くの？」

「七月だよ」

あと一か月ちょっとだ。

「最初の給料はいつ出るの？」

「八月二五日だと思うけど」

「じゃあ、自転車買ってくれる？　前に約束したの覚えてるよね」

きれいさっぱり忘れてるみたいだ。

「ほら、前に一五万円だまし取られそうになったとき、一緒に、」

「もちろん覚えてるよ」

僕の説明を遮《さえぎ》るように太助は声を張った。

「そうそう、自転車。自転車ね。うん、自転車くらい買ってあげるよ」

そう言うと、はっはっはっ、と気持ちよさそうな笑い声をあげた。

日曜日の午後、早乙女さんがケーキを持ってやってきた。犬が来てから、早乙女さんは三、四日に一度は顔を見せるようになった。

飛びついた犬を抱きあげて、「わあ、相変わらず人なつっこいですね」とがはがは笑う。

「そうなんだよ、小梅《こうめ》は人が大好きなんだよ。まあ、あたしにいちばんなついてるんだけどさ」

政江さんが言う。

「シロは爪をさわられるのが苦手らしいな。脚を洗うとき、少し抵抗することがある」

江口さんが割りこんだ。

「そんなことないよ。小梅はあたしにはどこでも平気でさわらせるよ」

「いや、俺にだって平気でさわらせるさ。ただ、爪がちょっと苦手なようだと言ってるだけだ」

「あたしがさわっても小梅は嫌がらないよ」

「俺は毎日シロの脚を洗ってるから気づいたんだ」

「あのー、そろそろどっちかの名前に決めたほうがいいですよ」

早乙女さんがもっともなことを言ったけど、ふたりとも譲る気はないらしくそっぽを向いている。

おみやげのケーキは、このあいだ太助が買ってきたものとは比べものにならないくらい豪華だった。フルーツたっぷりのタルト、大粒のいちごがのったショートケーキ、プリンもただのプリンじゃなくてプリンアラモードだ。どれがいちばん高いのか判断できなかったから、重量で選ぶことにした。フルーツのタルトだ。

早乙女さんが来ると、僕の心には歓迎する気持ちと追い返したい気持ちが同時に生まれる。歓迎するのはいつもおいしいお菓子を持ってきてくれるからで、追い返したくなるのはなんだか気に食わないのだ。早乙女さんが悪いわけじゃないのは知っている。でも、早乙女さんが歌子さんのポジションを少しずつ奪っていくように感じられた。まるででかいケツで歌子さんを押しのけるように。歌子さんのケツも負けずにでかいけど、歌子さんは無抵抗に、いや、むしろ自分からすすんで降りるように思えた。

「あんたといると花子を思い出すよ」

政江さんがつぶやいたのは、食卓でケーキを食べているときだった。

「花子が帰ってきたみたいだよ」

政江さんの存在がすうっとまた薄まるのを感じた。食卓越しの早乙女さんをしみじみと見つめているけど、色の薄い瞳に映っているのは早乙女さんじゃないかもしれない。

早乙女さんは困った笑みを浮かべただけでなにも言わない。江口さんは興味がないんだろう、黙々とケーキを食べている。

気に食わない。ものすごく気に食わない。

ひっくり返した石の下からわらわら出てくる虫みたいに、お腹の底からいらいらが這い上がってきた。

僕は誰にいらいらしてるんだろう。図々しい早乙女さん？　花子花子ってうるさい政江さん？　おいしくなさそうにケーキを食べる江口さん、ではないな。もしかして、「わざとじゃないよね？」と歌子さんに聞けなかった自分自身にだろうか。それとも、きちんと説明してくれなかった歌子さんにだろうか。

帰り際、早乙女さんが「純矢くん、バス停まで送ってくれるかな」と言ってきた。たぶん花子さんのことを聞きたいんだろう。ちょうどよかった。僕も文句を言いたかった。この家の主みたいに見えること、政江さんとも江口さんとも仲良くやってること、居間にしっくりなじんでること。言いがかりでもかまわない。いらいらをぶつけたかった。

「ねえ、花子さんってほんとにいるの？　双子ってほんとなの？　嘘じゃなかったの？」

案の定、早乙女さんは立てつづけに聞いてきた。

僕は、花子さんのことを教えてあげた。ただし、毒きのこ入りシチューのことは言わなかった。不機嫌な声になっているのが自分でもはっきりわかった。

「中学三年で亡くなったって、病気で？　それとも交通事故とか？」

「そこまで知らないよ」

　そっかー、と僕の機嫌の悪さに気づかないのか、それとも気づかないふりをしているのか、早乙女さんの態度は変わらない。

「実はこないだ政江さんがね、あたしが花子も引き取ればよかった、ってぽつりと言ったんだけど、そういうことだったんだね」

「そういうことって？」

「政江さんが離婚したのって、歌子さんたちが中学生になるときだったんだって。そのとき花子さんを引き取らなかったことに、罪悪感があるんじゃないかな」

　歌子さんが花子さんを殺したことも知らないでのん気でいいな。そう思ったら、いらいらが増した。

「言っとくけど、早乙女さんと花子さんってぜんぜん似てないから」

「純矢くん、花子さんっていう人のこと知ってるの？」

「知らないけど、歌子さんとそっくりだったんでしょ。歌子さんと早乙女さん、似てないよ。だから、花子さんの代わりにも歌子さんの代わりにもなれないから」

「代わりになろうなんて思ってないよ」

「それに早乙女さん、嘘つきだよね」

「え。なにが？」

「犬のこと。歌子さんが犬飼うことに乗り気だって言ったけど、あれ嘘だよね。信じられないんだけど」

「嘘じゃないよ」

「絶対に嘘だね」

「だって、太助さんが仕事であまり家にいなくなったんでしょ。だから、って」

「あの犬、太助の代わり？」

「じゃないかな」

早乙女さんは小さく笑った。

「それにいい散歩コースがあるから、犬がいたら政江さんも出歩くようになるんじゃないか、って」

「いい散歩コースって、もしかして」

「そう、そこ。防風林」

予想どおり早乙女さんは右側の防風林を指さし、僕のいらいらは一気に萎えた。

「やめたほうがいいよ。ま、昼間なら大丈夫だと思うけど」

「どうして？」

「別に。なんとなく」

バス停に着くと、こっちに向かってくるバスが遠くに見えた。

「そういえば純矢くんは、歌子さんの遠縁なんだよね。どことなく似てるもんね」

「血はつながってないらしいけどね」

「あ、そうなんだ」

「僕が母親に捨てられたのは知ってる？」

早乙女さんが小さく息をのんだ。

「置き去りにされたんだ」

「でも、お母さんは生きてるんだよね？」

とんちんかんなことを聞いてくる。

「あの女のことだもん、殺されても死なないよ」

「それならいいけど」

「よくないよ」

「また会えるかもしれないでしょ」

バスが停まって、プシューとドアが開いた。よっこいしょ、と言いながら早乙女さんは乗りこみ、笑いながら手を振ってきた。僕は仕方なく真顔で手を振り返した。

バスが走りだす。

「もう会いたくもないけど」

走り去るバスに向かって僕はつぶやいた。砂を吐きだす気分がした。

僕には気に食わないことがもうひとつあった。太助が調子にのってることだ。まだ就職先が決まっただけなのに、早くも正社員になってばりばり働いてるみたいに、「ただいまー」と得意げに試食販売のバイトから帰ってくる。僕は立派に働いてますよー、お金を稼いでますよー、もうすぐ正社員ですよー、と心の声がだだ漏れなのだ。

「また野菜炒めだけですか？」

その夜、珍しく早く帰ってきた太助が、食器を洗っている江口さんに声をかけた。使ったフライパンや食器を見ただけでメニューがわかるなんて、どんな人間にも特技があるんだな、と僕は感心した。

「野菜炒めだけじゃ栄養がたりないですよ」

それにおいしくないんだよ、と僕は心のなかで言った。

「それから、夕食が一品だけってさびしいですよ。育ちざかりの子もいるし、あと政江さんは塩分控えめにしなきゃならないし、そのへん、ちゃんと考えてますか？」

社会人気取りの太助は、ものすごくえらそうだった。まるで以前の江口さんのように。

「特に政江さんは退院したばかりだから、いろいろ気をつけてあげないと。ねえ、政江さん」

政江さんは太助を見もせず、犬を連れて和室に入ってしまった。

「ほら、政江さん、怒ってるじゃないですか。カルシウムがたりてないんですよ。乳製品とかごまとかもっと上手に使って工夫しないとだめですよ」

「やかましいっ」

江口さんはやっと振り返った。

「おまえは何様のつもりだ。なにもしてないくせにいちいち口出しするなっ」

「僕、いまも仕事してますし、来月から正社員ですけど？」

そう答えた太助は、ほんとうに「何様のつもりだ」と人差し指を突きつけたい顔つきだった。

「ふんっ。どうせくだらん仕事のくせに」

「仕事のない江口さんに言われたくないですね」

「俺だって、俺だってな、いろいろ、いろいろと、考えたり、思い出したり、俺だってな、自分なりに、これからを、いままでのことだって……」

江口さんの言葉はしだいに途切れ途切れに、そして支離滅裂になっていった。

「まあ、もう少しがんばってくださいよ」

「なんだ、その言い草は。俺はおまえの代わりにやってやってるんだぞ」

「はあ？」

「おまえのせいで、俺は一日じゅう家にいて、ちまちま女みたいなことをやらなきゃならないんだ」

「なんで僕のせいなんですか？」

「どうして俺があんなばあさんの面倒をみなきゃならないんだ。おまえの役目だろう」

「冗談じゃないですよ。なんで来月から正社員になる僕が政江さんの面倒をみなきゃならないんですか」

「おまえにお似合いだ」

僕、わかった。太助と江口さんは同じ種類の人間だ。人のこと見下したり、人の悪口言ったりすることで、自分がえらくなったつもりでいるんだ。こんなばかな大人いる？　太助は働きだした。江口さんは家事をするようになった。それでもやっぱり、ふたりとも生きてる価値ない。

お腹の底でくすぶっていたいらいらが、マグマになって膨らんでいくのを感じた。

「うるさいっ」

僕は怒鳴った。

「太助と江口さんってそっくりだよ。わーわー文句ばっか言ってばかみたい。ふたりとも、ほんっとに生きてる価値ないよっ」

僕は階段を駆けあがり、部屋に入って思いきりふすまを閉めた。階下の言い争いが聞こえないように、頭まで布団をかぶったことは覚えている。

いつのまに眠ったのだろう、か細い悲鳴みたいな音で目が覚めた。下から聞こえるその音はいつまでも鳴りやまない。ちがう、悲鳴じゃなくて遠吠え？　そう思ったとき、キャンッ、キャンッ、とかん高い鳴き声がはっきり聞こえ、また悲しそうな遠吠えがはじまった。

カーテンの向こうは暗く、まだ朝は遠いみたいだ。

体を起こして隣を見ると太助がいた。豆電球が照らすその顔は、口をぽっかり開いて、寝ていてもばかみたい。その向こうには江口さん。歯を食いしばるように眠っていて、その顔もやっぱりばかみたい。

数時間前にぎゃーぎゃー言いあったのに布団を並べて寝てるなんて、しかも犬が鳴いてるのに起きないなんて、ふたりともどんな神経してるんだろう。そう思ったら、いきなり江口さんがゾンビみたいに上半身をむっくり起こした。

「シロが鳴いてるな」

しわがれ声で言うと、妙だな、と大儀そうに立ちあがり、部屋を出ていった。江口さんについて階段を下りると、玄関の電気がついていた。

犬は玄関のたたきで、鼻先をドアにつけるようにして鳴いていた。江口さんに気づくと、ちぎれそうなほどしっぽを振って飛びついた。

ドアを確かめると鍵が開いていた。

「なんか変じゃない？」

僕の言葉に、犬に顔を舐めまくられている江口さんが「変だな」と同意した。

居間のドアは開いていて、電気がついているのに誰もいない。和室のふすまも開いている。

豆電球がついた和室をのぞいた。

「政江さんがいないけど」

そう言うと、「靴もないぞ」と返ってきた。

不吉な予感が、体のなかをすうっと流れた。

「どこに行ったのかな」

「散歩じゃないのか」

時計の針は二時一〇分をさしている。

「政江さん、出ていったんだよ」

江口さんを見据えて断言してやったのに、思いあたらないみたいだ。

「覚えてないの？　夜、誰が政江さんの面倒をみるのか太助とけんかしたよね。きっと政江さん、聞いてたんだよ。ショックで出ていっちゃったんだよ」

「まさか」

江口さんは犬を抱いたまま二階に上がった。

やがて、階段を下りてくるふたりの足音が聞こえた。

「政江さんがいないってほんと？」

太助の顔はこわばっている。

「太助と江口さんがあんなこと言ったせいだよ」

「まさかそれくらいのことで」

そう言ったのは江口さんで、「で、ですよね」と太助も都合よく便乗しようとする。

「で、でも、念のためにそのへん探してみましょうか」

僕たち三人と一匹は、外に出た。防風林がなるべく視界に入らないように、僕はぐいぐい進む犬のしっぽを見つめながら歩いた。

「コンビニだろう」

江口さんが言った。

「ああ、そうかもしれないですね」

「腹が減って我慢できなくなったんだろう」

「じゃあ、いちばん近いコンビニに行ってみましょうか」

バス通り沿いのコンビニに政江さんはいなかった。二番目に近いコンビニにもいなかった。どちらのコンビニでも、政江さんらしい人は来ていないと言われた。

「やっぱり散歩じゃないのか」

「こんな時間にですか？　それにあの足だからそんなに遠くへは行けないですよね」

「じゃあ、家に帰ってるかもな」

僕たちは一度家に戻った。念のためにトイレや風呂、押入れや納戸やベッドの下まで確認したけど、政江さんはいなかった。

再び外に出た。でも、どこへ向かえばいいのか太助も江口さんも思いつかないみたいだ。それでも政江さんを放っておけないという考えは一致しているから、少しは責任を感じているんだろう。

歩く人も走る車もない。住宅街は寝静まり、夜の静止画のなかを歩いているみたいだ。

僕たちは当てもないのに、どんどん家から離れていく。

会話が途切れたふたりに、僕は後ろから話しかけた。

「やっぱり家出したんじゃない？」

太助が振り返り、「家出？」と不安げに言う。

「邪魔者扱いされて傷ついたんだよ。もしかしたらタクシーに乗って遠くに行ったのかもしれないね」

太助と江口さんは顔を見あわせた。このふたりが見つめあっても、そこから素晴らしいアイデアが生まれるとは思えない。

「二手に分かれて探しましょうか」

太助の声は緊張していた。

「ああ、そうだな」

江口さんの声も同じだ。

僕は太助と行くことになった。江口さんと犬は南のほうに向かい、僕たちはバス通りを北へと歩きだした。くろぐろとした防風林が視界に入ってくる。

「僕たちも二手に分かれようか。純矢くん、怖くないよね？　もし怖いなら一緒にいてあげるけど」

高みからの物言いにかちんときた。

「怖いわけないよ。太助のほうこそ幽霊とか怖いんじゃないの？」

「あれ？　いまの純矢くんの声、震えてなかった？」

幼児をからかうような言い方に、かちん度が急上昇した僕は、じゃあね、と歩きだそうとした。でも、太助のほうが早かった。

「僕、あっちに行くから、純矢くんはそっちね。小学生だから、家からあまり離れないようにしないとね」

「え」

「じゃあ、気をつけてね」

そっち、と太助が指さしたのは防風林沿いだった。

太助は小走りで行ってしまった。

僕は仕方なく防風林沿いを歩きだした。もちろん、ボロ家が一軒だけぽつんと建つ北側ではなく、ちゃんとした住宅街になっている南側を歩いた。それでも、どんなにうつむいても、視界の右側に真っ黒な防風林が入りこんで怖かった。

政江さんはもう家に帰ってるんじゃないかな、と思った。そうだ、そうだよ。きっと入れちがいになったんだ。いまごろ政江さんは犬がいなくなったことに驚いてるだろう。心配して探しに出かけるかもしれない。だから僕は家に帰ったほうがいい。うん、そうだそうだ。

政江さんのためにも、いますぐ家に帰ったほうがいい。

そのとき、かすかな声を鼓膜が捉えた。はっとして顔を上げた。誰もいない。ぼうっともる街路灯とまっすぐ続く歩道。左側の家々にあかりのついた窓はない。右側は怖いから見ないようにする。気のせい気のせい、と心のなかでつぶやいた。

今度ははっきり聞こえた。あー、ああー、と女の人の苦しげな声。

絶対に防風林のなかからだ。

思考回路が高速稼働し、頭のなかで白い爆発が起こった。

パニックに陥った僕がどうしたかというと、最短距離で家に帰ろうとした。最短距離、それは防風林を突っきることだ。

やばい、と我に返ったときにはもう防風林のなかにいた。

見たら殺される——。頭のなかで響いた自分の声が、全身の筋肉を硬直させた。全速力で走れば三〇秒で帰る自信がある。それなのに僕は防風林の真んなかで立ち尽くしている。

両側に茂った樹木は、まるで僕を捕食するチャンスをうかがっているようだ。頭上に覆いかぶさる葉や枝は真っ黒で、そのわずかな隙間から見える夜空は妙に明るい。体は動かないのに、僕の目はやけにめまぐるしく動いている。

あー。ああー、あー。

女の人のうめき声。いや、泣き声？

防風林の花子さんだ――。

僕がイメージした僕は、悲鳴をあげておしっこを漏らして気絶している。それなのに現実にはただ突っ立っているだけだ。

目が慣れたのか少しずつ暗闇がほどけ、樹木やベンチや雑草の輪郭が浮かびあがってくる。

そのとき背後から足音がして、「純矢くんっ」と聞き慣れた声が聞こえた。

太助、と言ったつもりなのに、自分の声が聞こえない。

「あっ、政江さん？」

太助は僕の横を走り抜け、いきなりふっと消えた。ちがう、しゃがみこんだのだ。

「ああー。あーあー」

絞りだすような吐きだすような、苦しげな声。数メートル先に政江さんがうずくまっているのがやっと見えた。

両手で顔を覆い、しわがれた声で泣きつづけている。その姿は、魔女なんかよりもっと得体が知れなくて気味が悪かった。

「大丈夫ですか？　どうしたんですか？　なんで泣いてるんですか？」

「と、とにかく早くここから出ようよ」

僕の声は完全に震えた。

太助とふたりで、政江さんを抱き起こした。落ちていた杖は僕が拾った。政江さんを両側から支えながら歩道に抜けると、街路灯の橙色がいつもより明るく感じられてほっとした。政江さんが顔から手を離した。ふっと防風林を見あげる。涙を流す目が、深くえぐれた穴のように見えた。政江さんの視線は動かない。まるで巨木に捕まってしまったみたいに。やがて、政江さんはつぶやいた。

「……花子」

僕の喉もとに悲鳴がせりあがる。

「なんですか？　いまなんて言ったんですか？」

なにも知らない太助のすっとんきょうな声で正気に返った僕は、大丈夫大丈夫、と自分に言い聞かせた。政江さんが呼んでいるのは、双子の花子さんだ。防風林の花子さんじゃない。

「……花子……花子」

政江さんは泣きながら呼びつづけている。

「花子？　花子って誰ですか？」

太助がためらいなく訊ねる。

「花子は死んじゃったんだよ」

「純矢くん、なんのことかわかる?」

太助を無視して、僕は政江さんの腕を引っ張った。

「いいから早く帰ろうよ」

そう言って体の向きを変えた途端、ひっ、と喉が鳴った。

歌子さんがいた。

巨体のくせに、まるで忍者みたいな現れ方だ。仕事帰りだろう、どくろ柄の真っ赤なパーカを着て、耳にはじゃらじゃらしたピアス、首には重そうなネックレス。街路灯のせいか、顔は血の気がなくこわばって見えた。

「あ、歌子さん」と太助が声をあげると、歌子さんは無言で背を向け歩きだした。僕たちも歩きだしたけど、歌子さんとの距離は広がるばかりだ。

「あれ? 歌子さん、どこ行くんですか?」

家を通りすぎた歌子さんに太助が声をかける。隠れ家のアパートに行くつもりだろう。

歌子さんは振り返りもしない。大きな後ろ姿が見えなくなった。


時間がたつほど、木を見あげて泣いていた政江さんの穴みたいな目が、クモの巣を張るように僕の脳みそを覆っていった。あのときの光景を思い返すうちに、ひとつの可能性に行きあたってしまった。

あの夜、政江さんが木を見あげていたのは、防風林の花子さんが見えていたからじゃないだろうか？

もしそうだとしたら、政江さんはもうすぐ死んじゃうだろうし、防風林沿いに住んでる僕もいずれ同じ運命を辿るかもしれない。

幽霊の存在は科学的に証明されていない。でも、絶対にいないことも証明できない。じゃあ、せめて防風林で首を吊った女の人がいるかどうか確かめればいいんじゃないか。そうすれば、防風林の花子さんがいるかいないか証明できる。

土曜日の朝、さっそく防風林で聞き込みをすることにした。

江口さんによると、「朝の防風林は年寄りが多くてうっとうしい」らしく、人が多いと怖くないし、いろいろ聞けるし、僕にとっては好都合だ。歩いている人に、ここで首を吊った女の人がいるかどうか聞く。その人は「いない」と答え、それですべて終了。そう考えたら、聞く前から解決したような気になった。

最初に犬を連れているおじいさんに声をかけたけど、引っ越してきたばかりでよく知らないと言われた。次のおじさんは、そんな話聞いたことがないと言った。

三番目に声をかけたのは、ジャージを着た小太りのおばさんだった。

「この防風林で自殺した人なんかいませんよね？」

そう聞いた僕に、おばさんは「いるんじゃない？」と答えた。

「えっ、いるんですか？」

「ここ自殺の名所って言われてるよ。でも、そんなのいちいち気にしてたらどこも行けないって。なに、ボク、怖いのかい？」

「ちがいます。郷土史を調べてるんです」

あらかじめ用意していた科白を口にした。

「へーえ。いまは小学校でそんな勉強するんだ」

「首を吊った女の人がいるって聞いたんですけど」

「いつのことさ」

「それを調べてるんですけど」

「そうとう昔なんじゃないの？　二〇年近くここで暮らしてるけど、自殺の名所のわりに自殺騒ぎなんて聞いたことないけどねえ」

よしよし、いい感じ。少なくとも二〇年はここで死んだ人はいない。これで防風林の花子さんの現実味はかなり薄くなった。

次は、政江さんと同じくらい歳をとったおじいさんに聞いてみた。

「そうとう昔、ここで首吊って死んだ人がいるかもしれないって聞いたんですけど、ほんとですか？　郷土史を調べてるんです」

「何人も死んでるよ」

おじいさんは断言した。

「何人も？」

「ここには首くくるのに具合のいい木が昔からたくさんあるからなあ」

そう言って、ぐるりと四方に首をまわす。

「ほら、あの木なんかも枝が頑丈そうだろう。ほら、あれも。夜になったら人がいなくなるから見つかる心配もないし、でも朝になったら見つけてもらえるし、死ぬにはうってつけの場所なんじゃねえの。まあ、霊に呼ばれるってのもあるかもしんないなあ」

「じゃあ、女の人が首吊ったっていうのはほんとの話なんですね」

「うん。女だっていたさ」

「いつですか？　どんな人ですか？」

「ボク、屯田兵って知ってるかい？」

「学校で習いましたけど」

「このあたりに屯田兵が入植したのは明治二〇年なんだよ。明治って時代、わかるよな？」

「はあ」

「当時の家は粗末で冬なんか凍え死にそうになるし、刑務所みたいに厳しい規則もあってほんとうに大変だったんだよ。帰りたくても帰れないしさ」

このパターン知ってる。江口さんと、椎茸の町に行ったときと同じだ。僕が聞きたいのは父親の手がかりなのに、でしゃばりな年寄りたちが町の歴史や自分のことを延々と語って、そのせいで最終バスに乗り遅れたんだった。

「どうもありがとうございましたー」

まだしゃべっているおじいさんに頭を下げて僕は走りだした。

でも、とにかくわかった。防風林で首を吊った人はいる。かなり昔のことみたいだけど、「何人も」だ。そのなかに、花子さんがいたのかもしれない。しかも、「霊に呼ばれる」だなんて、聞きたくないことまで聞かされてしまった。

防風林を抜けてバス通りを歩いていたら、背後から派手なクラクションが聞こえた。振り返ると、真っ赤な車が停まっていた。運転席から降りてきたのはウサギだ。

「おう。乗れよ」

親指を立て、相変わらずガラが悪い。

「いいよ、うちすぐそこだし。っていうか、なんでウサギがここにいるのさ。まさかうちに来たわけじゃないよね」

「ちげーよ。母ちゃんを親戚んちまで送った帰りだよ。いいから乗れって。ここで会ったのは偶然じゃない、必然だ。ちょっと聞きたいことがあんだよ」

僕の腕をつかんで助手席に押しこめようとするウサギは、男子児童を拉致しようとする変質者に見えるはずだ。

「ファミレスでなんかおごってやっからさ」

「えっ、ほんと？」

「メシでもパフェでもケーキでもなんでもいいぞ」

「全部でも？」

「おお」

僕はすすんで助手席に座り、ドアを閉めた。

ファミレス。ファミリーレストランの略のファミレス。ずっと行ってみたいと思ってた。しかも、なんでも食べていいなんて。

「ウサギってほんとひまなんだね。そういうのニートって言うんでしょ」

嬉しさを隠して言った。

「おまえなあ、少しは俺様を敬ったらどうよ。俺、おまえのセンパイだぞ。同じ小学校だったんだからな」

「あっそ」

「なあ、学校の七不思議ってまだ残ってるか？」

「七不思議？　聞いたことないけど」

「やっぱり時代とともに消えていくんだなあ。夜になったら階段が一段増えてるとか、音楽室から葬送行進曲が聞こえてくるとか、いろいろあったんだけどなあ。まあ、俺もぜんぶ覚えてないけどよ」

「防風林の花子さんは？」

サングラスをかけた顔にはっきりと驚きが浮かんだ。ウサギも防風林の花子さんを知っていて、しかも怖がっている。そのことに僕は勇気づけられた。

「僕はそういうの信じないけど、まじで怖がってるやつけっこういるよ。だからみんな防風林で遊ばないんだよね。実際に昔、防風林で首吊った人いるみたいだし。でさ、見ただけで殺されるって、あれほんとなのかな」

「カ、ン、ドーッ」

ハンドルを握ったままウサギは雄叫《おたけ》びをあげた。

「カン？　え、なに？」

「感動だよ、感動。感動しまくってんだよ、俺」

ウサギはよだれを垂らしそうな勢いで笑っている。とまどう僕にかまわず、しばらく笑いつづけてから、「その話つくったの、この俺」

俺、のところで親指を鼻に当てた。

「え？」

「防風林の花子さん、あれ俺の作品よ。あの怪談、俺がつくったの」

「嘘でしょ」

「嘘じゃねえよ。小学校を卒業するときにつくった、ま、置きみやげってやつ？　学校の七不思議に対抗したわけだよ。卒業してすぐ引っ越したから、すっかり忘れてたけど、まさかいまも語り継がれてるとはなあ」

「じゃあ、でたらめなの？」

「人聞きが悪いなあ。不朽の名作って言ってくれよ」

自慢げに言いながら、ウサギはファミレスの駐車場に車を入れた。

僕はもやもやしていた。怒ってもいたし、ほっとしてもいたし、恥ずかしくもあったし、悔しくもあって、せっかくのファミレスなのに楽しめなかった。

メニューを開いて、いちばん高いハンバーグとエビフライのセットと、ショコラパフェとドリンクバーを注文した。それでも気持ちはすっきりしない。

「プロポーズしたんだよ、歌子さんに」

ウサギがぼそりと言ったのは、食後にパフェを食べているときだった。

胸のもやもやも、アイスクリームを口に運ぶのも一瞬忘れた。

ウサギはアメーバ柄のシャツの胸ポケットから煙草を取りだした。サングラスで隠れていても豆みたいな目がしょぼくれているのがわかる。

「ここ禁煙だけど」

「禁煙パイポだよ。歌子さん、煙草のにおい大嫌いだって言うからさ」

「まさかつきあってるの？」

「いや、まだ」

ウサギは禁煙パイポをくわえ、アイスコーヒーをかきまぜた。

「つきあってもないのにプロポーズしたの？」

無言のうなずきが返ってきた。

「元気出してよ。あの歌子さんにプロポーズしただけでもすごいよ」

「ＯＫだってよ」

びっくりしすぎて固まった。嘘でしょ嘘でしょ嘘でしょ、と頭のなかで響いている。

でもよー、とウサギが顔を上げる。

「ほかに彼氏いるけどそれでもいいなら、ってさ。しかも四人もだぞ」

そんなわけない、と思った。あの歌子さんに彼氏が、しかも四人もいるなんてあり得ない。

「いいって言ったさ」

「ええっ」

「それでもいい、って言ったんだよ」

開き直る口調だ。

「いいの？」

「いくないけどよ、結婚したらほかの男とは別れるかもしれねえだろ。そしたらさー、別居でいいなら、って」

「別々に暮らすってこと？」

ウサギは渋々うなずく。

「しかもよー。俺があの家で暮らすんだってよ」

「なんで？」

「知らねえよ」

「それで？」

「それで、っておまえ、俺にあの家でばーさんと暮らせって言うんだぜ」

「僕たちもいるよ」

「でも、みんな出てったら、俺、あのばーさんとふたりきりだぞ」

「もしかして悩んでるの？」

「悩むさ。歌子さん、ほんとに俺のこと好きなのかなあ」

黙ってることがいちばんのやさしさだと思った。

「なあ、俺のことどう思ってるか、歌子さんからなんか聞いたことないか？」

「ウサギの聞きたいことってそれ？」

「ほかになにがあんだよ」

子供みたいにふてくされた態度だ。

「悪いけどなんにも聞いてないよ。っていうか最近、歌子さんとちゃんとしゃべってないし」

「そっか。仕事忙しいみたいだからな」

それよりも防風林の花子さんのことだ。

「もっと早く教えてくれればよかったのに」

「だって、さすがに恥ずかしいじゃないかよう」

勘違いしたウサギがにやつきながら体をくねらす。

気持ち悪いから目をそらして僕は考えた。もし、ウサギが毒きのこ入りシチューのことを知っていたとしたら、それでもプロポーズしただろうか。事故だったらしたかもしれない。でも、わざとだったら？

僕はまだ歌子さんに「わざとじゃないよね？」と聞けないでいる。


一週間後の土曜日、「歌子さんがいなくなった」と太助と江口さんが騒ぎだした。七月まであと数日。気分的にはまだ春なのに、早くも僕の腕には蚊に刺された跡が二か所ある。

以前からふたりとも、しばらく歌子さんを見ていない、と口にしてたけど、江口さんは「旅行にでも出かけた」説を唱え、太助は「忙しくて職場に泊まりこんでいる」説を主張していた。僕だけが隠れ家のことを知っているのだ。

だから太助と江口さんの緊張感ある会話を、テレビを観ているふりでおもしろく聞いていた。

「生活費をこんなふうに郵送してくるなんておかしいですよ」

太助はポストに入っていたという封筒をひらひらさせた。封筒には来月分の生活費のほかに、僕の名前が書かれた小さな封筒が入っていて、そのなかには五〇〇円玉があった。

「これ絶対歌子さんからですよ。いったいどうしちゃったんでしょう」

「どうしたかなんて俺が知るわけないだろう」

「こんなに長いあいだ帰ってこないのははじめてですよ。スマホもつながらないし」

「おまえはどのくらい見てないんだ？」

「半月くらいだと思います。江口さんは？」

「そうだな、俺もそれくらいかもな」

「だいたい、生活費を郵送してくるなんていままでなかったですよ」

「仕事も辞めてたんだろう？」

「そうなんですよ。しかも一か月以上も前ですよ」

「それほんと？」

僕ははじめて会話に加わった。

「ほんとだよ。さっき勤め先に電話したらそう言われたんだ」

「しかし、消印は札幌北だな。つまり近くから投函したということだ」

「ますますおかしいですよね。なんでそんなことする必要があるんですか？」

「知るか。俺に聞くな」

しだいにヒートアップするふたりを放って、僕は歌子さんの隠れ家に行ってみた。

三階の左側の窓には、入居者募集中のポスターが貼ってあった。ポストはテープでふさがれている。無駄だと知りつつもインターホンを押してみた。応答はない。

家に帰ると、太助と江口さんが、歌子さんの部屋に押し入る相談をしていた。書き置きや手がかりがあるかもしれないというのが太助の言い分だった。

「俺は知らんからな」

「そんなこと言ってる場合じゃないでしょう」

「おまえがどうしてもって言うなら、手伝ってやらんこともないが」

ふたりがこんなに騒いでいるのに、政江さんは和室から出てこない。

あの夜以来、政江さんは和室に閉じこもりがちになった。話しかければ答えるし、ごはんも食べるし、相変わらずわがままだけど、犬の散歩に行かなくなったし、早乙女さんが来ても出てこなくなった。政江さんはますます薄れていって、死ぬというより、そのうち僕たちの目には見えなくなるんじゃないかという気がした。

歌子さんの部屋には、太助がドアノブを壊して入った。

ベッドと収納棚とローテーブルがあるだけの殺風景な部屋だ。ベッドにはてかてかしたピンクのカバーがかけられ、収納棚にはティッシュと数冊のファッション雑誌。押入れを改造したらしいクローゼットのなかも、半透明の三段ボックスのなかもからっぽだ。太助が期待していた書き置きや手がかりはなかった。

犬が好奇心を丸出しにしてカーペットを嗅ぎまわっているけど、警察犬じゃないんだから期待できない。

「もう帰ってこないつもりかもな」

「まさか。だって政江さんがいるんですよ。自分の母親を置き去りにして出ていくなんてあり得ますか？」

太助の頭から、僕の境遇は完全に抜け落ちているみたいだ。

歌子さんは自らの意志でいなくなったんだ。一年前のあの女のように、同居人を置き去りにして。

なんだか頭がぼうっとして、僕はうまく考えることができないでいた。

どうしてだろう、という言葉だけが頭のなかをぐるぐるしている。

「歌子さんを最後に見たのっていつ？」

僕はふたりに聞いた。

「たしか、就職が決まったことを伝えたのが先月の終わりだから」

「それが最後か？」

「あ、いいえ。そのあと、この家を出ていくって報告もしたから」

「なにそれっ」

自分でも驚くほどの声が出た。

「あれ、純矢くんには言ってなかったっけ。就職が決まったからけじめつけようと思って、アパート借りることにしたんだ」

あっそ。

僕がイメージする僕はそっけなくそう返したのに、どうしてだろう、声が出ないし、顔の筋肉が動かない。やっと出てきた言葉は想像外のものだった。

「このままいれば？　ここからでも会社に通えるよね。アパート借りたら家賃とか光熱費とかかかるし、もったいないからここにいればいいよ。それに僕はどうでもいいけど、政江さんがさびしがるかもしれないし」

「まさか。政江さんに報告したら、せいせいするよって言われたよ。歌子さんには今度こそほんとにバイバイって無表情で言われたし」

「それはいつだ？」

「えーと、いつだったかな」

僕はなにか言おうとした。太助の心をつかむ言葉を言わなくちゃだめだと焦り、そんな自分が自分じゃないみたいだった。

「でも、やめるよね？」

一本調子の頼りない声になった。

「え、なにを？」

「だから出ていくことだよ。だって歌子さんがいなくなったのに、出ていくなんてできないよね」

「でも、もう決めたんだ。純矢くんに言い忘れたのは悪かったけど、いつまでもここにいるわけにはいかないからね」

「なんだよそれっ」

突きあげる感情を抑えることができない。

「なんでそんなことできるのさ。太助って自分のことしか考えてないわけ？　奇跡的に就職できたからって調子にのらないでよ。やっぱり太助は生きてる価値ないよっ」

僕は階段を駆けおり、家を飛びだした。

陽射しがやけにまぶしくて、両目を乱暴にこすった。

どうしてだろう、という言葉がまた頭のなかでまわりだす。

どうして歌子さんは出ていったんだろう。

どうして太助は出ていくんだろう。

どうしてあの女は僕を置いていったんだろう。

僕に価値がないからだろうか。そんなふうに思いたくないのに、どうしてもそう考えてしまう。

僕は小学生だからお金を稼げない。それどころか、養わなきゃならないからお金がかかる。シロだか小梅だかいう犬と一緒だ。僕が犬なんかいらないと思うように、みんなは僕のことをいらないと思ったんだろうか。

でも、それなら世の中の子供全員、価値がないってことになってしまう。そんなのおかしい。だって、子供は社会の宝でしょ？

じゃあ、僕が素直な子供じゃないから？　おもしろいことが言えないから？　一緒にいて楽しくないから？　だから……

ふいにふくらはぎに衝撃を受け、わっ、と声をあげてつんのめった。振り返ると、犬がじゃれついてきた。

「散歩だ」

聞いてもいないのに江口さんが言う。

「あっそ」

僕が歩きだすと、江口さんと犬がついてくる。方向を変えてもついてくる。どこまでもついてくる。

「ついてこないでよっ」

「偶然だ」

僕を追い抜いた犬は電柱のにおいを嗅いでいる。しっぽがふりふり揺れたり、ふわりと上がったり、すっと垂れたりする。ふと電柱から鼻を離し、犬が口を開けて僕を見あげた。その顔が笑いかけているように見えて、かわいい、とつい思ってしまった。そんな自分を打ち消すために、僕は不機嫌な声を出す。

「江口さんが犬の世話をするなんて信じられない」

「俺もだ」

「はっきり言って、犬の世話もボランティアもぜんぜん似合ってないよ」

「一生懸命に世話すれば、死ぬときに覚えているかもしれないからな」

「犬より江口さんのほうが先に死ぬよ」

「だからだ」

「え?」

「死ぬとき、誰かを思いながら死にたいと思うようになった」

「どういうこと?」

「ひとりで死にたくないってことだ」

「まさか、犬を道連れにする気？」

「そうじゃない。誰かを思いながら死ねば、さびしくないような気がするってことだ」

「犬だよ？」

「犬でもいい」

「ばかじゃないの」

犬が歩きはじめた。ときどきこっちをうかがいながらも、まるで風が運ぶにおいの源を探ろうとするみたいにぐいぐい進んでいく。いつのまにか、犬が先頭を歩く形になった。

「江口さんは太助がいなくなってもいいの？　いままで以上に家のことしなきゃならなくなるんだよ。お金も仕事も家もないんだからさ。言っとくけど、僕はなにもしないからね。居候じゃなくて親戚なんだから」

「俺はこのままだろうか」

疑問形だけど、断言する口調だ。

「あいつはまだ若いから、あんなんでも仕事が見つかったが、俺はもう無理かもしれん。このままふがいなく一生を終えるのかもしれん。それでもいいと思えるなにかが欲しい」

「どういうこと？」

「愚痴だ」

「はあ？」

「あいつが就職できたのが気に食わん」

そう言って、江口さんはむっつりした顔をつくった。でも、本気で腹を立てているわけじゃないことがわかった。

「太助なんかどうせすぐクビになるよ。そのとき、のこのこ帰ってきても絶対に入れてやらないんだから」

僕の言葉に、江口さんがふっと笑った気がした。自分の家みたいな言い方をしてしまったことに気づかれたのかもしれない。

「あのさ」と、気がついたら言っていた。

「なんだ」

「僕って価値があると思う？」

「なんだそれは」

「だ、だから、僕と一緒にいたいと思う？」

「ああ」

江口さんは迷わず答えた。

「え、一緒にいたいってこと？」

「そうだ」

「なんで？」

「そんなことはわからん」

「でも、一緒にいたいの？」

「まあな」

「ふうん」

急に照れくさくなって、僕は小石を蹴とばすふりをした。

「ねえ、歌子さんは帰ってくると思う？」

「わからん」

「いついなくなったんだろう」

「わからん」

「わからんしか言えないの？」

「わからんもんはしょうがない」

「じゃあ、歌子さんを最後に見たのはいつ？」

「……わからん。はっきり覚えていない」

「僕が最後に見たのは、政江さんが夜中に出ていった日だよ。江口さんはその場にいなかったけど、僕と太助が政江さんを見つけたとき、いつのまにか後ろに歌子さんがいたんだ」

あのとき、忍者は僕じゃなくて歌子さんのほうだよ、と言いたくなったことを思い出した。


歌子さんからなんの連絡もないまま七月になった。

この家に来てもうすぐ一年。一年のあいだに僕は、カレン、歌子さん、太助の三人に置き去りにされたことになる。

でも、いいことだってある。架空貯金は一〇〇万円に迫る勢いだし、現実の財産もなんと七〇〇〇円を超えた。なんたって歌子さんから毎月もらうお小遣いが大きい。でも、郵送されてきた七月分はまだ小さな封筒から出していない。

日曜日、僕は二階の和室に寝そべって五〇〇円玉の入った封筒を眺めていた。

陽射しは暖かく、吹きこむ風はふんわりしている。なにげなく封筒を陽にかざすと、小さな黒い模様が透けて見えた。封筒の内側になにか書いてある。

僕は体を起こして、封筒から五〇〇円玉を出した。封筒の内側に書かれているのは、090ではじまる数字だ。

僕は居間に下りた。電話を使いたかったけど、江口さんと犬がいる。

「腹が減ったのか？」

立ちあがりかけた江口さんを、「ちがうちがう」と制した。一〇円がもったいないけど仕方ない。

「ちょっと友達のところに行ってくる」

「昼飯には帰ってくるだろ？」

うん、と答えて家を出た僕は、コンビニにある公衆電話をめざして走った。

０９０ではじまる数字は、思ったとおり携帯電話の番号だった。でも、僕の確信と期待は打ち砕かれた。「あん？」と聞こえたのは男の声だった。しかも明らかにだるそうで、感じが悪い。

「あの、誰ですか？」

僕は聞いた。一〇円でどのくらい話せるのか不安になり、歯を食いしばる思いでもう一〇円追加した。

「誰ですかって誰に聞いてんだよ。まずおまえから名乗れよ」

「僕、森見です。森見純矢っていいますけど」

「なんだ、純坊かよ。公衆電話からだから誰かと思ったよ。つーか、電話してくんのがおせーよ」

僕は声が出なかった。ウサギだと知った瞬間、いろんなことがマッハのスピードで頭を駆け巡った。歌子さんはウサギといる？　まさかほんとに結婚したとか？　それとも、いざというときはこの男を頼れというメッセージ？　あっ、ひとつ思いついた。

「あのさ、前にウサギ、歌子さんは仕事で忙しいって言ってたよね」

「おう。いまも忙しそうだぞ。だからなかなか会ってくれなくて、俺もう泣きそうよ」

でも太助によると、歌子さんは一か月以上も前に仕事を辞めているのだ。

「歌子さんがいまどこで働いてるのか知ってるの？」

「あたりまえだろ」

「じゃあ、歌子さんがどこにいるかも知ってるの？」

「おう。俺と歌子さん、いまご近所さんだぞ。ラブラブになる日も近いだろうな」

「歌子さんがどこにいるか教えてよ」

ウサギはため息をついた。笑ったのかもしれない。

「もっと早く気がつくと思ったのに、おまえも鈍くせえな」

反論できずにいる僕に、ウサギは愉快げに歌子さんの居場所を教えてくれた。

そこは地下鉄駅そばのビルだった。

一階が宝石店と美容室で、二階にはネイルサロンやエステティックサロン、スピリチュアルサロンなど、サロンと名のつく店が息をひそめるように並んでいて、どこからか甘ったるいにおいがした。

歌子さんはマッサージの店をオープンしたとウサギは言ったけど、ドアに掲げられた小さな看板には〈リラクゼーションサロン〉とあった。しかも女性専用だ。

ビルは三階以上が住居になっていて、歌子さんは部屋も借りているらしい。ただ、ウサギは何号室か知らなかった。「何回聞いても教えてくれないんだよな。俺、焦《じ》らされてるのかなあ」と不満と照れが混じった声がしたところで最後の一〇円玉が落ちたのだった。あのとき、結局八〇円も使ってしまった。

女性専用という文字にためらいながらも、思いきってインターホンを押した。

レンズの向こうから視線を感じた。緊張して唾を飲みこんだら、はじめてボロ家を訪ねた一年前の夏がふわりと舞い戻ってきた。

ドアが開いたと同時に、「予約制」と赤いくちびるがぶっきらぼうに言い放つ。

「いや、僕、別にマッサージしに来たわけじゃなくて、」

「ちがう。予約制だからいまのうちに上で休憩する」

そう言ってドアに鍵をかけた歌子さんから、廊下に漂うにおいが濃くした。南国のフルーツっぽいにおいだ。

「もっと早く来ると思ったのに」

歌子さんは僕を見て一本調子でつぶやいた。

おまえも鈍くせえな、とウサギの声がよみがえり、僕は自分で思っているほどしっかりもしてないし賢くもないのかもしれないな、と思った。

七階でエレベータを降りた。

歌子さんの部屋は、七〇七号室。ワンルームというんだろうか、台所がついた部屋がひとつあるだけだ。「そのへん座って」と言われたけど、積みあげられた段ボール箱が床を占領して、どこにどう座ればいいのかわからない。

歌子さんは、薄く切った茶色いパンになにか塗ってサンドイッチをつくった。僕にひとつ手渡すと、冷蔵庫から飲むヨーグルトを出してくれた。ふたりで立ったまま無言で食べた。七階なのに、通りを走る車の音がやけに大きく聞こえる。

茶色いパンは酸っぱくて少し苦くもあって、塗ってあるクリームチーズは鼻につんときて、いままで食べたことのない変な味がした。ふいに、毒きのこ入りシチュー、と頭に浮かび、慌てて最後のひと口を飲むヨーグルトで流しこんだら、それが自分への合図になった。

「どうして黙って出ていったの？」

返事がなかったから質問を変えることにした。

「どうして僕にだけヒントをくれたの？」

「いちおう勝子に頼まれたから。仕方なく」

「仕方なく……なんだ」

そうだよね。この人、こういう人だよね。でも、僕に居場所を知らせてくれようとしたのはまちがいない。

「もうすぐ一年だね。勝子があんたを置いてってから」

「あの女のことはもうどうでもいいよ」

「嘘だね」

歌子さんがかぶせるように言う。

「嘘じゃない」

「いや、嘘だ」

ムキになった僕に歌子さんは容赦ない。

沈黙が流れた。歌子さんが気を利かせてなにかしゃべってくれるとは思えないから、僕から口を開く。歌子さんがいなくなってからずっと考えていたこと。

「罪悪感、なんじゃないの？」

歌子さんがいなくなった理由はあの夜にあると僕は思っていた。政江さんが泣きながらやないって。

「花子」と繰り返すのを見てしまったせいだ。それだけで十分わかるじゃないか、わざとじ

「歌子さんが出ていった理由だよ。つらいっていうか悲しいっていうか、うまく言えないけど、政江さんと一緒にいるのが苦しくなったんでしょ？」

そう続けたけど、いつまで待っても返事がない。歌子さんの顔を見ることと、重苦しい沈黙に包まれるのが嫌で、うつむいたまま僕は続ける。

「でも、そんなに自分を責めなくてもいいんじゃないかなって僕は思うんだ。だって、わざとじゃないんでしょ？　わざと毒きのこを入れたわけじゃないんでしょ？」

「ちがうよ」

思わず顔を上げてしまった。

歌子さんはいつもどおりの無表情だ。

「……まさか、わざと、なの？」

うなじから背中にかけて冷たい水が流れ落ちる。

歌子さんからふっと力が抜けるのが見えた。

「死んでない」

「え？」

「やばかったけど死んではいない」

「でも、だって……。どういうこと？　じゃあ、花子さんは生きてるの？」

「あの子は死んだ。防風林で首吊って」

防風林の花子さん、と頭に浮かんだ。

いや、でもあれはウサギの作り話だ。このあいだ本人からそう聞いたじゃないか。

「首吊って、って……。それいつのこと？」

「シチュー事件のすぐあと」

「でも政江さんは……」

「あの人、ショックでここ」

と、歌子さんは自分のこめかみを指さした。

歌子さんは母親のことをやっぱり「あの人」と呼ぶんだな、と僕はまた思った。

「あの人のなかには、あの子が自殺したことが存在してない」

「じゃあ、教えればいいんだよ。ちがうって言えばいいんだよ」

そのとき、僕の頭のなかであの夜がくっきりと再生された。政江さんは巨木を見あげて泣いていた。涙を流す穴みたいな目と「花子は死んじゃったんだよ」というつぶやき。

「政江さん、思い出したんだと思う。そうだよ。あの夜、思い出したんだよ。だから防風林に行ったんだ。木を見あげて、花子、花子って泣いたんだよ」

歌子さんはヤモリみたいな目を僕に向けている。その目にどんな感情も表れないことに僕は焦れた。

「歌子さんも見たでしょ？　絶対そうだよ」

大声で断言したのに、返ってきたのは面倒そうな声だった。

「どうでもいいよ」

「どうでもいい、って？」

「あの人の好きにすればいい」

くちびるを歪めただけのかすかな笑み。

「ばかみたい」

気がついたら言っていた。

「母親をかばうの？　母親のいいなりになるの？　僕、そういうの大嫌いだし、軽蔑する。悪いのは政江さんなのになんで我慢するの？　母親ってそんなにえらいの？　歌子さんがそんな人だとは思わなかった」

まくしたてても、歌子さんの表情は変わらない。

「おじゃましました。ここのことは誰にも言いません。犬にだって言いません。だから安心してください。それでは、さようなら」

僕は頭を下げて、歌子さんに背を向けた。

「逃がさないでよ」

背後から声がかかる。

「犬のことなら江口さんに言ってよ」

振り返らずに答えた。

「ちがう、あの人を」

その声は僕の背中にどんとぶつかってきた。

思わず立ち止まった。振り向いて、どういうこと？　と聞きたかった。でも、数秒のためらいがタイミングを失わせた。僕がやっと振り向いたとき、歌子さんは歯ブラシをくわえてベランダに出ていくところだった。


次の日、学校から帰った僕を迎えたのはウサギだった。

「おう、おかえり」

スキンヘッドに黒いサングラスをのせ、食卓でスマホをいじっている。

「江口さんは？」

「犬の散歩。あの女も来てたぞ。前に歌子さんと張りあってたやつ」

「早乙女さんでしょ。最近よく来るよ」

和室のふすまは閉まっている。早乙女さんが来たのに、今日も政江さんは散歩に行かなかったのか。

ウサギはスマホを食卓に置くと、「なあ」と体をのりだした。

「純坊、おまえ昨日、あれから歌子さんに会ったんだろ？」

ふすまの向こうの政江さんを意識したのか、抑えた声音だ。

「うん、まあ」

「あのよー、歌子さん、俺のことなんて言ってた？　結婚したいとかしたくないとか、好きだとか好きじゃないとか」

「……ああ」

昨日の歌子さんを思い出すと裏切られた気分になる。歌子さんは、政江さんに冷たかった。だから、僕も母親にあんなふうにしてもいい。そう許可された気持ちになったのに。でも、歌子さんは僕が思ったような人じゃなかった。

「どうなんだよ」

たしかウサギの話なんてひとつも出なかった。

「えーと、なんか悩んでるみたいだったよ」

そうか、とウサギはつぶやき、何度もうなずいた。

「歌子さんは俺のことで悩んでるのか。やっぱここは俺がぐっと覚悟を決めなきゃいけないってことか」

噛みしめるように言うウサギを見てたら、哀れ、という言葉が浮かんだ。

用は済んだとばかりに帰ろうとするウサギを僕は引きとめた。

「ねえ、防風林の花子さんのことなんだけど」

「おう。俺の名作がどうした?」

「ちょっと声小さくしてよ。政江さんが起きちゃうから」

「ああ、はいはい」

「あれ、ほんとにウサギがつくった話なの?」

「なんだよ、疑ってんのかよ」

「そうじゃないけど。でも、防風林で自殺した人、ほんとにいるみたいだから」

「おう。俺の名作は実話がもとになってるんだよ」

喉に大きな石を突っこまれたみたいに声が出てこなかった。

実話?　実話ってほんとにあった話って意味だよね?

「それ先に言ってよーっ」

石がはずれたと同時に声が飛びだした僕に、ウサギは「しーっ」と口に人差し指を当て、

「……じゃなかったのか?」とにやついた。

「ねえ、それっていつの話?」

僕はウサギに顔を近づけて、ほとんど吐息みたいな声で聞いた。

「俺が小学二年か三年のときかなあ。でも、それをもとにして俺様が名作を生みだしたのは卒業間近だぞ」

「ウサギって何歳?」

「三二」

歌子さんの七つか八つ下だ。頭のなかで計算すると、花子さんが自殺したとき、ウサギは八歳くらいだったことになる。防風林の花子さんと双子の花子さんは同一人物だったんだ。

ウサギが帰ってすぐ、僕は和室のふすま越しに声をかけた。

「政江さん、起きてる?」

起きてるよ、とやっと返ってきたのは繰り返し声をかけてからだった。

「入ってもいい?」

しばらく待っても返事がないから、「入るね」とふすまを開けた。

どう見ても寝起きの政江さんがベッドに腰かけている。僕は政江さんを見おろす恰好になった。

「あのさ」

そう切りだしただけで言葉が詰まった。

政江さんは、夢の続きを見ているようにぼんやりしている。

僕は深く息を吸ってから、ひと息で聞いた。

「花子さんが死んだのって歌子さんのせいじゃないよね」

政江さんがはっと顔を上げた。その瞳が薄灰色なことになぜか悲しくなった。

「そうだよ。あたしのせいだよ。あたしがあの子を引き取らなかったから」

「じゃなくて。花子さんが死んだのはシチューを食べたせいじゃないよね」

政江さんはしばらく黙った。そのあいだに政江さんは内側からどんどん薄れて、もう脳も形を持ってないんじゃないかと思えた。

政江さんが震えたくちびるを開く。

「やっぱりそうか、そうなんだね。花子は防風林で」

唐突に言葉を切った政江さんは涙をぼろぼろ流した。

「あたしのせいだよ。あの子は、父親の新しい家族とうまくいってなかった。だから、離婚してからもよくうちに来てたんだ。あたしがあの子を引き取ってればあんなことにはならなかった。あたし、どうしたっててんだろう。呆けちゃったんだろうか。ねえ、あんたどう思う?」


僕を見据えた政江さんの目は、あの夜と同じ、深くえぐれた穴みたいだった。

「まず歌子さんにあやまればいいと思う。ずっと歌子さんのせいにしてきたんだから」

政江さんは答えない。まるで僕の言葉が理解できないといった表情だ。

「歌子さんにあやまってよ」

そう繰り返したとき、犬の吠える声に続いて早乙女さんのがはがは笑いが聞こえた。

「わかったよ。あやまるよ」

政江さんがつぶやいた。


政江さんのつぶやきに、「あやまれば歌子さんは戻ってくるよ。約束するよ」と断言した僕だけど、約束なんて簡単にしちゃいけなかった。

冷静に考えてみると、それだけで歌子さんが戻ってくるとは思えなかった。あやまればなんでも赦されるなんて図々しい。普段そう思っている僕が、どうしてあんな約束をしてしまったんだろう。

政江さんの気持ちになると、赦してあげてほしいと思う。でも歌子さんに心を寄せると、簡単には赦さないでほしいと思う。

僕がなにもせず数日を過ごしたのは、気持ちが定まらなかったからだ。こんなとき、近くに頼れる大人がいれば、と思う。僕の疑問や迷いに的確に答えてくれる大人。でも、そんな人にいままで出会ったことはない。僕のまわりにはなんで平均以下の大人しかいないんだろう。

その代表格の太助は、引っ越してから一度も顔を出さなかった。自転車を買ってくれるどころか、引越先さえ知らせてくれなかった。まるでこの家で暮らしたことなどなかったかのように僕たちをまるごと切り捨てたのだ。

学校から帰ると、玄関に女の人のサンダルがあった。

派手なピンクで、ぴかぴかした黒いハートの石がいくつもついている。ヒールは細くて高い。こんなの早乙女さんは絶対に履かない。このセンス、歌子さんだ。

歌子さんは母親を赦すことにしたのか、それとも赦さないと決めたのか。そう考えながら居間のドアを開けた。

「ひさしぶりー」

食卓で手を振っているのはカレンだった。

僕の脳は動きを止めた。まるで大きな石が頭のてっぺんに落ちてきたみたいだった。思考は停止しているのに、視覚や聴覚はいつもより鋭くなっている。その感覚が不思議だった。僕の目は笑っているカレンを、僕の耳はカレンの声を受けとめている。

「純ちゃん、あんまり背伸びてないね。もっと伸びてると思ったんだけどなあ。ちゃんと牛乳飲ませてもらってた？　あれ？　なんで黙ってるの？　っていうか、なにその無表情。ひさしぶりなんだから、もっと喜んでくれてもいいじゃない。あーあ、つまんないなあ」

犬が僕の足にじゃれついている。名前が「シロ」に決定した犬の頭を撫でながら、「なんの用？」と僕は聞いた。聞いたけど、どんな答えも求めてはいなかった。

「なんの用って、帰ってきたんじゃない」

そう言って、あっはー、とカレンは笑った。

カレンの向かいには早乙女さん、ソファには江口さんがいる。和室のふすまは閉まっている。風でレースのカーテンが膨らみ、土と緑のにおいが入りこんできた。

「やだ。純ちゃん、なんか冷たーい。顔、怖いし。もしかして怒ってる？」

「別に。どうでもいい」

そう答えたら、

――嘘だね。

耳奥で歌子さんの声が聞こえた。

犬はひととおり撫でられて満足したのか、ソファに飛び乗り、江口さんの足を枕にして寝そべった。

「ほら、やっぱり怒ってる。なんでえ？　一年もたってないじゃない」

思考が止まった僕の頭に、赦す、赦さない、とふたつの言葉が浮かんだ。

「純ちゃん、六年生になったんでしょ。もう大人なんだからそんなにすねないでよ。ほら、おみやげ買ってきたから食べようよ」

うるさいなあ、と僕からつぶやきが漏れた。

「純ちゃん、どうしたの？　なんか悪い子になったみたい」

「消えろ」

「え？」

カレンは笑顔のまま、珍しいものを見るまなざしになった。やがて、両手を顔の前で上下させながら「ドロロロローン」と声を放ち、「パッ」のところで顔を出した。「消えた？」と屈託なく笑いかけてくる。

「死ね」

「純矢くん、そんなこと言っちゃだめだよ」

そう言ったのは早乙女さんだ。ぜんぜん関係ないのに、なんでこの人泣いてるんだろう。

「消えろ、死ね、って、僕、何回もこの女に言われたけど」

僕はカレンを指さした。

「やだあ、純ちゃん。冗談に決まってるじゃない。あのね、純ちゃん、子供は親に冗談でもそんなこと言っちゃだめなの。そういうのは口ごたえっていうの。だよね、美留久ちゃん」

口ごたえの意味にも自信が持てないのだろうか。カレンに同意を求められた早乙女さんは泣き顔で首をかしげた。

赦す。赦さない。赦す。赦さない。赦す。赦さない。赦す。赦さない。

頭のなかのふたつの言葉がしだいに音を発しはじめる。まるで言い争うようにがんがん響く。僕と僕が怒鳴りあってるみたいだ。

赦す。赦さない。赦す。赦さない。赦す。赦さない。赦す。赦さない。赦す。赦さない。赦す。赦さない。

「いますぐ死ねっ」

頭のなかの怒鳴り声に負けないように大声を出した。

ほんとうは、いますぐ死にかけてよ、と言いたかった。でも、言い直す気力はない。

もし、いまカレンが目の前で死にかけたら、自分の気持ちがわかると思った。母親にすがりつき「死なないで」と泣くのか。それとも、死にゆく母親を冷静に見おろしながら「そうか、死ぬのか」とつぶやくのか。

でも、カレンは殺されても死なない女だ。「もう純ちゃんてば、すっかり悪い子になっちゃってえ。反抗期ってやつう？　生意気だぞ。あっはー」と手を叩きながら笑い転げている。

赦さない——。

頭のなかの声がひとつになった。


巨大な壁が立ちはだかる感覚に顔を上げたら、歌子さんが立っていた。

「そこにいられると入れないんだけど」

僕は七〇七号室のドアにもたれて座っている。いつのまにかうとうとしたみたいだ。立ちあがりながら「いま何時？」と聞くと、「九時一〇分」と腕時計をしていないのに歌子さんは即答した。二階のリラクゼーションサロンからまっすぐ上がってきたんだろう、小さなバッグを持ち、南国のフルーツっぽいにおいを放っている。

「いつから待ってた？」

「わかんないけど、五時くらいだと思う」

すごいね、と薄く笑って歌子さんは鍵を差しこんだ。よかった、追い返されることはなさそうだ。

部屋のなかは段ボール箱が積みあげられたままだった。

「なんか食べる?」

「あ、こないだのサンドイッチならいらない」

眉間にしわを刻んだ歌子さんに、「おいしくなかったわけじゃないんだけど、僕にはちょっと早すぎる味だったから」と慌てて言い訳をしたら、冷凍グラタンをチンしてくれた。

段ボール箱に座って、僕と歌子さんはグラタンを食べた。

「あの女が帰ってきた」

グラタンをふーふーしながら、僕はどうでもよさそうに告げた。

「ふうん」

歌子さんは動じない。

「あの女ってカレンのことだよ」

「うん」

「もしかして知ってたの?」

「知ってないけど、そろそろだと思った」

「どうして?」

「知りたい？」

にやり、と舌なめずりの顔で笑うと、歌子さんはテレビの電源を入れてＤＶＤをセットした。

画面がぱっと明るくなり、いきなり映像が流れだす。やけにモザイクが多く、声も加工されている。

……でもね、あたし、思うんですよう。やり残したことに縛られてると、前には進めないって。あたしアイドルになりたかったんですよ、小学生のときから。いまこうやってがんばってるのは前に進むためなんですよね……

僕は息を止めてモザイクの向こう側を見つめた。テレビ画面の右上に〈なぜ彼女たちはアイドルをめざすのか？〉とテロップがある。場面はオーディション会場の廊下で、オーディションを終えた人がインタビューに答えているらしい。

コマーシャルを挟んで、場面は古いアパートの一室に変わった。モザイクがかかった人がカップ麺をすすっている。

……ほんとの世界のこと考えたことあります？　あたし、いっつも考えてたんですよね。ここはほんとの世界じゃない、ほんとの世界は別にあって、そこではあたしアイドルなんだ、って。そう思うと、だんだんどうでもよくなっていくんですよね、こっちの世界のこと。だって、ほんとはあたしアイドルなんですよ。え？　わかんない？　妄想？　ちがいますよ。でもね、このままじゃいけないことはわかってるんですよ。あたし、一回、本気でほんとの世界のほうに行かなきゃって。だ、か、らー、ほんとの世界っていうのはアイドルのほうの世界ね。そうしないと、一生、生きてるのか死んでるのかわかんないままだって。だから、オーディション受けまくってるの。いまのあたし、もうほんとの世界にいるんですよ。あっはー。ちがいますよ、本気で言ってますよ。だから、もしだめでもここからあたしはほんとの世界で生きるんですよ。意味わかります？　ううん、期限はあるの。一年、一年間だけ。あたしにもね、いろいろ事情があるんでーす。あっはー……

「そして数日後の審査結果で、彼女は三九回目の不合格となった」とナレーションが入り、コマーシャルに切りかわったところで映像が終わった。

僕は歌子さんを見た。歌子さんの瞳に映っている自分がどれほどまぬけな顔をしているのか想像できた。

「あの女、ばかなの？」と、僕はテレビ画面を指さした。

「ばかだね」

「ばかなのは知ってたけど、本気でばかだよね。だってあの女、四九歳だよ。四九でアイドルってあり得ないよね？　なれるわけないよね？」

「だろうね」

「わかんないよ。なに考えてるのかぜんぜんわかんない」

怒ればいいのか笑えばいいのか、僕は混乱した。

ＤＶＤはとっさに録画したウサギがくれたのだと歌子さんが説明したとき、あいつ東京にいるかも、とウサギが言っていたのを思い出した。あれは大晦日の夜だった。いま映っていたのは、あれより前のカレンなのだ。

「ところで家出ですか？」

床の上のランドセルに目をやって歌子さんが聞いてきた。

「先に家出したのはカレンだし、歌子さんだってそうだよ」

「あいつ、最初から一年だけって決めてたと思う」

「じゃあ、そう言えばよかったんだよ。手紙にだってそんなことひとことも書いてなかったし」

「あたし宛ての手紙まだ持ってる？」

「うん」

ランドセルから出して手渡した。

「勝子ってばかだよな？」

「うん、ばか。ちょーばか」

力いっぱい答えると、歌子さんはにやりとした。

「これ、書きまちがえたのかも」

そう言って便箋を指さした。


一生のお願いです。

純矢のことをよろしくお願いします。


「一生じゃなくて一年のつもりだったのかも」

まさか、と答えたけど、完全に否定はできない。ばかなカレンはよく字をまちがえたし、ときどき漢字の順番が逆になり、〈五年生〉を〈五生年〉と書いたこともある。でも、そんなのもうどうだっていい。

「僕、あの女を赦さないことにしたんだ」

頭の真んなかに居座る言葉を口にしたら、宣誓する声音になった。

「そうか」

「絶対に赦さない」

「赦さなくてもいい」

「うん、一生赦さない」

「憎んでもいい」

「うん、憎む」

「やり返したっていい」

予想外の言葉だった。

「やり返すって……どうやって？」

「待つんだ」

「待つ？」

「大人になるのを待つんだよ」

僕は息を止めた。将来の道筋を示す、とても大事で大きなものを受け取った気がした。それは、重すぎて、いびつで、持っているのがきつかった。

「歌子さんはどうするの?」

「ん?」

「政江さん、花子さんがどうして死んだのか思い出したんだよ。歌子さんのせいでもシチューのせいでもない、って。ぜんぶ思い出したんだよ。歌子さんにあやまるって言ってたよ」

「あの人があやまるわけないね」

「ほんとだよ。あやまるってほんとに言ったんだから」

「あの人は、ごめんなさいもありがとうも言えない人だからね」

それは歌子さんも同じじゃないかと思ったけど、もちろん黙っていた。

「じゃあ、政江さんがあやまったら赦す? 赦さない?」

「なにをあやまるのさ」

歌子さんってこんなに理解力がない人だっけ、とあきれながらも僕は説明する。

「だから、花子さんが死んだ理由を歌子さんのせいにしてたことだよ。でも僕、ちゃんと教えなかった歌子さんも悪いと思うんだ」

歌子さんは黙った。さっきの僕みたいに、赦す、赦さない、赦す、赦さない、と激しく揺れ動いているんだろう。その推察にはかなりの自信があったのに、「シャワー浴びてくる」とあっさり行ってしまった。

ボイラーと水の音が聞こえてきた。

僕は段ボール箱に座ったままテレビを観た。江口さんが「くだらんっ」と言いながらもよく観ていたクイズ番組だ。江口さんと観ているときは、そんなにくだらなく感じなかったけど、ほんとうだ、ぜんぜんおもしろくないし、くだらない。江口さんもいま、この番組を観ているんだろうか。そこにあの女もいて、テレビに向かって的外れな答えを叫んでいるんだろうか。

水を飲もうと台所に行きかけ、電子レンジの上に置いてある何通かの郵便物がなぜか気になった。ほとんどが請求書だ。手に取った僕は、あ、と声を漏らしていた。

宛名はどれも〈万知田花子〉だ。

花子。歌子さんの双子のお姉さん。防風林で首を吊って死んだはずの人。

ドアが開く音がして、風呂上がりのにおいが流れてきた。顔を上げると、真っ赤なバスローブを着て、頭にピンクのタオルを巻いた歌子さんと視線がぶつかった。

「花子さんって生きてるの？」

歌子さんは、僕の手のなかにある郵便物へと視線を下げた。

「花子さんってここにいるの？」

無意識のうちに部屋を見まわしていた。

歌子さんは冷蔵庫から缶ビールを出した。立ったまま一気に飲み干し、ぷはーっ、とおじさんみたいな声を出す。

「もしかして歌子さんが……花子、さん、とか？　まさかね」

歌子さんの手のなかで、ビールの缶がばりっとつぶれた。

「嘘っ。歌子さんって花子さんなの？」

歌子さんは郵便物を僕の手から取りあげ、電子レンジの上に戻した。冷蔵庫から新しいビールを出し、僕にはペットボトルの麦茶を黙って差しだす。僕から微妙に目をそらしている。麦茶を受け取ろうとしたら、力が入らず落としてしまった。拾いあげてから歌子さんを見つめ直すと、いつもの無表情だけどやっぱり視線を合わせようとしない。

「歌子さんって、歌子さんのふりしてるの？　ほんとは花子さんなの？　でも、花子さんって防風林で死んだんじゃないの？　じゃあ、死んだのって誰？　あ、待って待って。ややこしくて、なに言ってんのかわかんないや」

「あたしなにも言ってないけど」

歌子さんは無愛想につぶやくと、二つめの缶をばりっとつぶした。

「ねえ、ちゃんと教えてよ」

「やだね」

即答だ。

「頭おかしくなっちゃうよ。お願いだから教えてください」

僕は頭を下げた。

頭を戻すと、歌子さんは白ワインをグラスに注いでいた。ひと口飲んでから、やっと僕に目を向けた。

「ひとつだけ教えてやろうか」

「はい」

緊張して背筋がぴんと伸びた。

「ベニテングダケ」

歌子さんが口にしたのは意味不明の単語だった。

「ベニ、テング？　天狗？」

「ベニテングダケ。防風林に生えてるけど毒きのこだから気をつけな。あたしはそれ食べて救急車で運ばれた」

「僕、ばかじゃないから毒きのこなんか食べないよ。そんなことより早く教えてよ」

「いま教えた」

「いまのが？　僕、きのこの名前なんて聞いてないよ」

僕の抗議を無視した歌子さんは、おかわりのワインをどぼどぼ注いでいる。どれだけ飲めば気が済むんだろう。

「どうして歌子さんは……」

言いかけて困った。なんて呼べばいいんだろう。だってこの人、ほんとは「歌子」じゃないかもしれない。

歌子さんがふっと笑う。

「いいよ、いままでどおりで」

この言い方、「花子」だって認めたってことかな。

「あ、うん。じゃあ、どうして、」

「質問は却下」

「ひどいよ」

「ひどくない」

「ちゃんと教えてよ」

「うるせえな。追いだすぞ」

それが、アイドルをめざした母親に置き去りにされ、平気な顔で帰ってこられ、なにもかも嫌になって家出した親戚の子に言う科白だろうか。いいんだ、この人がこういう人だってこと、一年前からわかってるから。

次の朝、僕はランドセルをかついで部屋を出た。ベッドで寝ている歌子さんに「行ってくるから」と声をかけたけど、返事はなかった。

コンビニでマスクを買ってからバスに乗った。段ボール箱の隙間に体を折り曲げて寝たせいで、背中が板みたいに固まっている。

防風林の手前でバスを降りたときには登校時間が過ぎていたけど、学校に行くつもりはなかった。マスクをしたのは、大人に「学校は？」と聞かれたとき、風邪で早退したと言い訳ができるし、あの女や江口さんたちに気づかれないためだ。

バス通りから防風林に入った。僕は歌子さんのことを考えたかった。母親に冷たくしてもいいと許可してくれた人のことを、憎んでもいいし仕返ししてもいいと言ってくれた人のことを、はじめからきちんと考えたかった。そのためには防風林に行くしかないという気がした。

ベニテングダケ、と思い出した。きのこなんか生えてるのかな、とあちこち見ながら歩くと、雑草のなかや木の幹からけっこう生えている。舞茸を大きくしたようなもの、しめじに白い斑点がついたようなもの、椎茸にしか見えないもの。どれも毒きのこのイメージとはちがって地味だ。このなかにベニテングダケがあるのかな。

木々のあいだからえんじ色のトタン屋根が見えた。カレンはまだあの家にいるんだろうか。帰らない僕を心配して、探しているだろうか。「ノー」とすぐに答えが出た。ばかなカレンは、僕が出ていった理由がわからないだろうし、考えようともしないだろう。

いや、そんなことより、歌子さんがほんとは花子さんかもしれないことだ。歌子さんが花子さんで、花子さんが歌子さんだったとしたら……？

「あーもーわけわかんない」

マスクの下で僕はつぶやいた。

朝の防風林は、平日なのに歩いている人がけっこういた。そのほとんどが、おじいさんとおばあさんだ。「おはよう」と声をかけられたけど、マスク効果なのか、学校は？ と聞かれはしなかった。

僕は立ち止まった。あの夜、政江さんがうずくまっていたのは、たぶんこのあたりだ。木々を見あげたとたん、真上からジーと蟬の鳴き声が降ってきた。次の瞬間、あちこちで蟬が激しく鳴きだした。こめかみから汗がひと筋流れ、手の甲でぬぐった。

政江さんが見あげていた木はどれだろう。

「ボク、こんなとこでなにしてんの。学校は？」

その声に顔を向けると、ジャージを着たおばさんが立っていた。

「風邪で早退したんです」

用意していた科白を口にした。

「あれ。あんた、こないだの子じゃない？」

思い出した。このおばさんはたしか、自殺騒ぎなんか聞いたことがないと言った役立たずだ。

「あんたにあんなこと聞かれて気になっちゃってさ、あれからご近所さんにいろいろ聞いてみたんだよ。そしたら、あったんだってさ。二〇年以上前、女の子がここで首吊り自殺したんだって。今度あんたに会ったら教えてあげようと思ってたんだよ」

僕は思わずマスクをはずした。

「その人の名前知ってますか？」

「そこまでは知らないよ」

やっぱり役立たずだ。

歩きだそうとした僕を、おばさんの言葉が引きとめた。

「そしたら、出たんだって」

「え？」

「自殺した子の幽霊だよ。死んだ子がふつうにそのへん歩いてたって。まるで自分が死んだことに気づいてないみたいにさ。何人も見た人がいたらしいよ」

それが歌子さんだ。そう思ったら、頭のなかでなにかがカチリとはまる音がした。でも、それがなんなのかすぐにはわからなかった。

「といっても、よくある噂話だけどね。どう？　郷土史の参考になった？　なーんて、なるわけないよね」

おばさんは笑いながら歩いていった。

木の幹から生えているきのこに目がいった。きのこからすうっと視線を上げていき、黄緑色の葉を茂らせた枝に焦点が合ったとき、あの夜がよみがえった。巨木を見あげながら「花子」と泣きながら繰り返した政江さん。

「……花子？」

一瞬止まった思考が再び動きだしたとき、肝心なことが頭から抜け落ちていたことに気づいた。

カチリ。さっきより大きく聞こえた。

歌子さんの部屋に帰ったのは昼過ぎだった。

僕が戻ってくると思っていたんだろうか、ドアには鍵がかかっていなかった。

唯一段ボール箱が積まれていないベッドに寝そべって、僕は歌子さんが帰ってくるのを待った。聞きたいことがたくさんある。「却下」って言われるだろうけど、確かめずにはいられない。

――憎んでもいい。

――やり返したっていい。

――大人になるのを待つんだよ。

鼓膜に焼きついている歌子さんの声。

――お母さん、花子です。

病院に現れた歌子さんは、平然としながらも、なにかを我慢している顔をして政江さんを見おろしていた。

あのとき歌子さんはどんな思いであの言葉を口にしたのだろう。

急に明るくなってはっとした。蛍光灯のあかりがまぶしい。どのくらい眠ったんだろう、時間の感覚がない。窓の外はいつのまにかうす暗くなっている。

物音がするほうに目をやると、段ボール箱をよけながら歩いてくる歌子さんが見えた。一、二秒後、南国のフルーツっぽいにおいが届いた。

「まだいるのかよ」

僕をちらっと見てうんざりしたようにつぶやく。床の上のランドセルを踏んだのは、バランスを崩したのか、気がつかなかったのか。いや、わざとだろうな。バキッとなにかが割れる音がした。

僕はベッドの上から一気に言った。

「あのさ、歌子さんが歌子さんになったのって、ほんとの歌子さんが死んだときからだよね。だって、毒きのこを食べたときはまだ歌子さんじゃなかったんだから」

寝てしまったせいで、頭のなかでカチリとはまったものがあやふやになりかけている。早く声にしないと、またわけがわからなくなりそうだった。

「ちがうちがう、そうじゃないんだ。歌子さんは自分から歌子さんになったわけじゃないよね」

段ボール箱をまたいだ恰好のまま、歌子さんは僕をじっくり見つめる。やがて、息をふっと吐くような薄笑いを浮かべた。

「歌子率すげー」

「政江さんのせいでしょ。政江さんの頭のなかで、歌子さんと花子さんが入れかわっちゃったんだ。死んだのは、政江さんが引き取った妹のほうなのに、引き取らなかったお姉さんのほうになってるんだ。そう考えると、カチリってぴったりはまるんだよ」

歌子さんは、政江さんの頭のなかで殺されたんだ――。それは声にはできなかった。

花子さんになって病室に現れたのは、自分が誰なのか思い出してほしかったから。家を出たのは、娘が死んだ理由は思い出したのにそれがどっちの娘なのか、政江さんが思い出さなかったから。あの夜、政江さんは巨木を見あげながら「歌子」と泣かなければいけなかった。

それが僕の出した結論だった。

「ねえ、合ってる？　合ってない？　それだけでいいから教えてよ」

歌子さんはまだ段ボール箱をまたいだ恰好のままだ。胸もとが大きく開いた真っ赤なTシャツと赤と黒のチェックのショートパンツに、白衣をはおっている。僕を見据えるヤモリみたいな目はどっしりとして揺らがない。

インターホンが鳴った。

モニタに目をやった歌子さんは無視して冷蔵庫に向かう。

また鳴った。今度は二回立てつづけに。たぶんろくでもないやつなんだろう、なにかのセールスとか集金とか。

ベッドから下りてモニタを見ると、まぬけ面がどアップで映っていた。僕は反射的に通話ボタンを押した。

「なにしに来たのさ」

「あ、純矢くん？　よかった。迎えに来たんだ」

「なんで太助が来るのさ。だいたいどうしてここがわかったのさ。……あっ」

歌子さんを振り返ると、冷蔵庫にもたれかかって缶ビールを飲んでいる。

「あたしじゃないよ」

「宇佐木さんから聞いた。俺から聞いたって言うなよ、って言われたけど。江口さんが、純矢くんが行方不明だって警察に届けようとしたから慌てたみたいだね」

「でも、ウサギは何号室なのか知らないって言ってたよ」

「だからひと部屋ずつピンポン鳴らしたんだ。よかった、やっと見つかって」

ひと部屋ずつピンポン？　下から順番に訪ねたとしたら、ここに辿りつくまで四〇近くのインターホンを鳴らしたことになる。迷惑なんとか違反という罪にはならないんだろうか。

「純矢くん、開けてよ。一緒に帰ろうよ」

「なんで太助と一緒に帰らなきゃならないんだよ。出ていったんだからもう関係ないでしょ」

「しばらく顔を出せなくてごめんね。僕、今日までずっと研修で東京に行ってたんだよ」

「太助の顔なんかどうでもいいよ」

「みんな心配してるよ」

「みんなって？」

「江口さんとか早乙女さんとか僕とか」

「それから？」

「政江さんとか犬とか……あっ、もちろん純矢くんのお母さんもだよ」

太助は慌ててつけ加えた。

やっぱりカレンはあの家に居座っているのか。

「僕、帰らないよ」

「純矢くんがドア開けてくれるまでここで待ってるから」

「そんなことしても無駄だよ。僕、ここで歌子さんと暮らすんだ」

そう言って通話ボタンを切ったら、

「えー。やだよ」

背後からほんとうに嫌そうな声が飛んできた。

「だって僕、あの女を絶対に赦さないって決めたんだ」

「仕返しは？」

「え？」

「やり返さなくてもいいのか、ってこと」

冷蔵庫にもたれたままの歌子さんは奇妙に静かな雰囲気で、それなのに容赦なく僕を追いつめる。

鼓膜に焼きついた声が立ち昇る。

——やり返したっていい。

——大人になるのを待つんだよ。

ばりっ、と歌子さんの手のなかでビールの缶がスクラップになった。その缶を台所に置くと、床の上のランドセルを拾いあげて「ほらよ」と僕に押しつけた。

「ひどいよ」

「仕返ししないのか?」

「……する、けど」

答えたのは僕だけど、歌子さんに言わされた気がした。だから、今度は自分の意志できちんと声にする。

「仕返しするよ。いつか。大人になったら」

「そのためにはそばにいたほうがいい」

——逃がさないでよ。

ふいに歌子さんの声が耳を流れた。どういう意味なのか聞けなかった言葉だ。

――寝たきりもいいかもね。

これは、骨折した政江さんが寝たきりにならないか聞いたときだ。あのときは、まさかそんなこと言うはずないよね、と思った。でも、聞きまちがいじゃなかったんだ。いまならその意味がわかる。寝たきりになれば逃げられないもの。

「歌子さんも？」

「え？」

「歌子さんも、政江さんに仕返しするの？　そのために一緒に暮らしてたの？」

「質問は却下」

と、歌子さんは目をそらす。

「そばにいないと仕返しできないんだよね。逃がしちゃいけないんだよね。じゃあ、歌子さんも帰ろうよ。それとも歌子さんは仕返ししないの？」

真っ赤なくちびるが半開きになったけど、言葉は出てこない。

そのとき思いついた。もしかしてこの人は僕より子供なんじゃないか、って。僕は母親を赦さないと決めた。でも、歌子さんは……。

「歌子さんって大人だよね」

ちらっと目を向けただけで答えない。

「大人のくせに、まだ決められないでいるんじゃないの？　政江さんを赦すか赦さないか。仕返しするかしないか。ねえ、そうなんじゃないの？」

真っ赤なくちびるがなにか言おうと大きく開いた。でも、打ちあげられた魚みたいにぱくぱくするだけだ。

「僕は小学生だけど、もう決めたよ。母親を赦さないし、仕返しする、って。でも歌子さんは、」

「うっせえな。早く帰れ」

やっと声を放った歌子さんの顔は赤らんでいた。僕を睨みつけてるつもりらしいけど、眉は八の字で、困った顔になっている。自分がどんな表情か知りもしないで、両手を腰に当てて仁王立ちしている。

インターホンがまた鳴った。モニタには相変わらずのまぬけ面。

「ほら、帰れ帰れ」

迷子みたいな顔とえらそうな態度がアンバランスで笑える。笑えるのに、なんだかかわいそうだ。無表情が剝がれ落ちた歌子さんは、僕より幼い女の子に見えた。

僕は一瞬のうちにいろんな歌子さんを思い出していた。

政江さんを見おろして「そうか、痛いか」と言った歌子さん。無表情が崩れかけて、なにかを我慢する顔になった歌子さん。それでも平気なふりをしている歌子さん。大晦日の夜、政江さんにしつこく「ありがとう」と言わせようとした歌子さん。「あの人があやまるわけないね」と言いきった歌子さん。

僕の記憶のなかの歌子さんには、いまみたいな幼さが張りついていた。

僕は、太助と一緒に帰ることに決めた。子供の顔を無表情で隠しつづけている人に時間をあげるために。赦す、赦さない、赦す、赦さない、と大人のくせに揺れつづけている人を少しのあいだひとりにしてあげるために。

ドアを開けた僕に、太助が「よかった」と笑いかけてきた。ひたいと鼻の頭に汗を浮かべ、似合わないネクタイをしている。

太助は僕の背後に視線を延ばした。

「歌子さんも一緒に帰りましょうよ。家のなか、大変なことになってるみたいですよ」

「もしかしてカレンのせい？」

長いつきあいだ、カレンの行動は想像できる。

思ったとおり太助はうなずいた。

「あたしこの部屋使う、ってあの人、歌子さんの部屋取っちゃいましたよ」

振り返ると、いつもの歌子さんに戻っていた。にやり、と笑みを昇らせるのを見て、カレンに政江さんの世話をさせようと、いや、逃がさないように見張らせようと企んでいるのかもしれない、と僕は思った。

「冷蔵庫のものは勝手に食べるし、食べたものはそのままだし、朝からお酒飲んでごろごろしてるし。それからあの犬、血統書付きの柴犬って嘘ついたら高く売れないかな、とか言って江口さんも政江さんもカンカンだし」

太助は僕に向き直った。

「純矢くんのお母さんでしょ？　なんとかしてよ。約束どおり自転車買ってあげるから」

両手を合わせて懇願した。

バスを降りると、太助は家とは反対方向に歩きだした。

「どこに行くの？」

「教えておきたい場所があるんだよ」

太助が立ち止まり、「ここ」と指さしたのは、歌子さんが住んでいたアパートだった。三階の窓に貼ってあった入居者募集中のポスターが消えている。

「このアパートに引っ越したんだ」

「嘘。まさか三階？」

「なんで三階ってわかったの？」

「なんとなくだよ」

「いつでも来てよ。僕も行くし」

僕が笑った理由を知らないくせにつられて笑った太助からほこりと汗のにおいがして、これが大人の男のにおいなんだろうか、僕がこんなにおいをさせるまであと何年かかるんだろう、と考えた。

バス通りを渡って、僕と太助は夜の防風林沿いを歩いていく。

くろぐろと茂る防風林を目にしたら、ふと思いついた。あの夜、政江さんが防風林に行ったのは、歌子さんが仕組んだことじゃないか、って。だって、早乙女さんが言っていた。歌子さんは犬を飼うことに乗り気だった、近くにいい散歩コースがあるから政江さんも出かけるようになるんじゃないか、って。

歌子さんは、政江さんを防風林に行かせることで、花子さんが死んだ理由を、そしてそれが「花子」ではなく「歌子」だということを思い出させたかったんじゃないだろうか。

仕返し、と頭に浮かんだ。

僕はやられたことをやり返すつもりだけど、歌子さんはどうするんだろう。

歌子さんは、政江さんの頭のなかで殺された。だからって、まさか殺し返しちゃうとかないよね？

「ねえ、太助。前に、うちに来てくれって歌子さんに頼まれた気がした、って言ったことあるよね」

「ああ、うん。でもきっと気のせいだよ」

「でも、江口さんもそう言ってたよね」

「そういえばそうだね」

「あの家にはいつも居候がいるんでしょ？　なんでだと思う？」

「さあ。歌子さんがいい人だからじゃないかなあ」

のんびりとした口調。太助に聞いたのがまちがいだった。

「前から思ってたけど、太助って脳を使わないでしゃべるよね」

「え、どういうこと？」

答える代わりにため息をついてやった。

あの家にいつも居候がいるのは、見張らせるためかもしれない。政江さんが逃げないように、そして歌子さんが厳しすぎる仕返しをしないように。僕の考えが正しいかどうかは確かめようがないけれど。

「みんなびっくりするよ」

　太助がいたずらっぽく笑った。

「純矢くんの居場所がわかったことは内緒にしてるんだ。みんな喜ぶよ」

「そうかな。ほんとに喜ぶかな」

「あたりまえだよ」

「みんな、僕がいたほうがいいって思ってるってこと？」

「もちろんそうだよ」

「じゃあ、僕には価値があるってこと？」

「価値？　価値ってどういうこと？」

「別になんでもない」

　僕は慌てて言った。

　なんだか甘えてるみたいで恥ずかしかった。そういえば、江口さんにも同じことを聞いたんだった。

　ふと、莫大な価値、と頭に浮かんだ。なんだっけ。あ、わかった。甘えられる相手がいるって莫大な価値がある。前に、そう思ったことがあったんだった。思い出したら余計に恥ずかしくなって、「ほんとになんでもないから」とぶっきらぼうにつけたした。

それなのに太助はえらそうにしゃべりだした。

「あのね、純矢くん。人間のほんとうの価値っていうのはね、生産性では測れないものなんだよ。たしかに純矢くんは小学生で、まだ生産性はないかもしれない。生産性っていっても、純矢くんにはちょっとむずかしいかもしれないね。いいかい。人間の価値っていうのは、その人がなにを持っているかじゃないんだよ。その人が、なにを与えられるかっていうことなんだ。それは、ものやお金に限らず……」

すごい。やっぱり太助の言うことは、ぜんぜん耳に引っかからない。相変わらず紙屑が転がっていくようだ。仕事が見つかってもこういうとこは変わらないんだな。

「純矢くんの顔見たら、江口さんなんかほっとして泣いちゃうかもね」

ひとりよがりの演説が終わったらしく、太助は笑いながら言った。

「カレンは？」

「え？」

「僕の母親もほっとして泣く？」

「う、うん。心のなかでは泣くんじゃないかな」

太助にしてはうまい言い方だ。

「でも赦さない」

つぶやいたけど、太助には聞こえなかったみたいだ。

やり返す、と今度は心のなかだけで声にした。

いまはまだ無理だけど、大人になるのを待って必ずやり返す。

僕はいつか母親を捨てる。捨てるためには、まず持たなくてはならない。だからいまは、捨てるために母親を持つ。

うっそうとした防風林と向かいあう家はすぐそこだ。

いつか捨てる、と噛みしめながら、母親がいる場所へと僕は。

解説

吉田伸子

物語は、小学五年生の純矢が、シングルマザーの母親・カレンに置き去りにされるところから始まる。そもそも、嫌がる自分を「自転車買ってあげるよ」という人参で、無理やりサマーキャンプに送り込んだところから怪しかったのだ。一泊二日で一万二〇〇〇円、という金額に、そんなお金はもったいない、それだったら延滞している光熱費を払ったほうがいいという助言さえスルーされて行かされたサマーキャンプ。二日後、純矢を待っていたのは、一切の家財道具がなくなって、がらんどうになったアパートの部屋だった。呆然としつつも、純矢は数秒後に思いつく。引っ越し先が決まったのだ、と。純矢とカレンが暮らすアパートは取り壊しが決まっていて、退去していないのは純矢たちだけだったからだ。

けれど、そう思ったのも束の間。純矢はドアの内側に貼ってあるメモを見つけてしまう。「純ちゃん、ごめーん。これからは親戚の家で暮らしてくれる？」このメモからだけでも、純矢とカレンのそれまでの暮らしがうかがえる。親という役割を果たせていないカレンと、理不尽を押し付けられてもそれを我慢するしかない純矢と。「二〇年間一緒に暮らしたけど、僕はあの女を信用してなかった。いま振り返ると、あの女ならいつ僕を捨ててもおかしくはなかった」。

カレンのメモに書かれていた、カレンいわく「親戚」の家までの地図を頼りに、純矢はその「万知田歌子さん」の家を目指す。その家は、純矢の大嫌いな防風林――かつてそこで首吊り自殺があった、と噂されているため――沿いに建つ一軒家だった。訪れたその家で純矢を出迎えたのは「デブとしてのバランスが完璧な、見本のようなデブ」で、それが万知田歌子だった。彼女は体型もさることながら、そんな体型にもかかわらず、パンク風味のいでたち――ぴたぴたの黒いTシャツに、銀色のファスナーがたくさんついた黒いミニスカート――だった。そして、その歌子の後ろから現れたのは、魔女を連想させるような、小さなおばあさん。

歌子はカレンからの手紙を純矢に見せる。そこには、「わけあって、ひとりで引っ越すことになった。一生のお願いだから、純矢のことをよろしくお願いします。私のことは探さないでくださいね」とあった。カレンからのその手紙に、かすかに、本当にかすかに残っていた、自分は捨てられたのではない、という期待はゼロになる。しかも、目の前の歌子は、純矢（と自分）にとって、問題山積みのように思われるそんな状況にもかかわらず、「あーめんどくせえ」と家の奥に消えていってしまう。

母親に捨てられた小学生に、あんな態度はあり得ない、この人たちは本当に親戚なのか？と混乱する純矢の目の前に、さらなる大人が現れる。ぱんぱんに膨らんだエコバッグをさげた、小太りのその男は、初対面の純矢にやけにフレンドリーに話しかけてくる。最初は、歌子の夫だと思った純矢だったが、やがてその男が亀山太助という四十一歳の男で、純矢と同じ「居候仲間だよ」と自己紹介する。

目まぐるしくインプットされる情報に、目を白黒させながらも、ここから純也の、歌子宅での居候生活が始まる。客観的には、相当ハードな状況にもかかわらず、純矢自身はそのことを淡々と受け入れる。泣いたり、パニクったりはしない。純矢が泣くのは、二学期が始まり、歌子の家から学校に通うようになった数日後、それまで暮らしていたアパートの解体現場に行った時だ。解体されるアパートを見つめながら、純矢は部屋の中にあった、ぬいぐるみやら、安っぽい指輪やら、キャンドルやらを、頭の中で思いつくまま捨てていった。なぜなら「部屋いっぱいにあふれた安っぽいものをカレンが持っていったとは思いたくなかった。

僕の価値はそれ以下だと認めたくなかった」。

　この箇所が胸に迫るのは、置き去りにされ捨てられた身である純矢が、あんなやつ、と冷めた目でカレンと距離を取りつつも、どこかで「母親」というものを信じる欠片が心の奥にあることと、純矢という少年のプライドが伝わってくるからだ。そう、純矢は自分を哀れんだりはしない。けれど、解体されるアパートを見ながら、気がつくと泣いている、というところに、子どもらしいいじらしさが溢れていて、まさきさんの筆の確かさがわかる箇所でもある。

　物語は、この、歌子の家での日々が描かれていく。太助は四十一歳なのに、無職。歌子の家では家事全般を引き受け、便利に使われてはいるものの、はたからみればダメなやつ。純矢は太助を一言で斬って捨てる。「家も仕事もなくて、じゃあ、なんのために生きてるんですか？」

　歌子宅には、もう一人居候がいて、それが六十七歳の引きこもり、江口だ。江口は二階の納戸に閉じこもって、腹が減ったり風呂の時だけ階下に降りて来ては、また納戸に閉じこもる、ということを繰り返している。家事は一切手伝わないばかりか、何故か妙に上から目線で偉そうにしている。純矢は江口のこともばっさり斬る。「生きてる価値ない」。

　家計を支えているのは、歌子一人。「夜の仕事」だという歌子の仕事がなんなのか。太助と江口は、どんな事情で歌子宅に流れ着いたのか、物語が進むにつれ、その経緯が見えてくる。魔女のような老婆・政江は歌子の母なのだが、歌子と政江の間には、なにやら秘密めいたものがあることもわかってくる。

と、こうやって物語の大枠だけを取り上げると、一風変わった疑似家族ものと思われるかもしれないが、それは違う。家族というのは、本書の重要なテーマではあるけれど、それだけではない。本書の核に歌子のようにどかりとあるのは、人には居場所が必要だ、ということだ。それが自分の家族であってもいいし、家族でなくてもいい。家族にこだわる必要はない。誰かと一緒でもいいし、一人でもいい。でも、最低限安心して眠ることができる場所、暮らしていける場所。それは欠くことのできないものだということ。その居場所さえあればどうにかなるし、大人になれないでもがいている日々にも、やがて光が差すことがあるかもしれない。

作者のまさきさんは、その緻密な描写に定評がある方だが、その緻密さと背中合わせのように、物語に「余白」を残す。本書もまた同様で、歌子と政江の母娘関係――この関係だけをすくい上げると、ぞくぞくするようなミステリーでもある――がどうなっていくのか。太助のその後は、江口の先行きは、はたまた、純矢のあとにやって来て、歌子宅の一時居候となったこともある早乙女は、どうなるのか？　そして、何よりも、純矢とカレンは？

この、敢えて書かれない「余白」にこそ、まさきさんの書き手としての背骨がある。果たしてハッピーエンドになるのか、それとも……。それは読み手に残された想像の余地でもある。その余地がいい。全ての答えを出すことが、物語に不可欠なわけではないのだ。本書のタイトルは「大人になれない」だけれども、では大人になればそれでいいのか。その答えは、物語の最終盤、純矢の歌子に対する問いかけにある。

ここまで読まれた方は、本書がなんだかヘビーな物語だと思うかもしれない。でも、心配ご無用。本書の根底にあるものは、確かにずしりとしたものだけれど、物語のディテイルにはからりとした可笑しみがある。純矢の架空貯金とか、歌子のファッションとか、太助のどこか調子っぱずれな部分とか、細部にちりばめられたその可笑しみが、本書を軽やかなものにしているのだ。なので、どうぞ、ご安心を。そして、まさきとしかという作家の〝企み〟と、その先にあるものを、それぞれに思い描いていただければ、と思います。

――書評家

この作品は二〇一四年六月中央公論新社より刊行された
『途上なやつら』を改題し、大幅に加筆修正したものです。

幻冬舎文庫

●最新刊
ビデオショップ・カリフォルニア
木下半太

二十歳のフリーター桃田竜のバイト先《カリフォルニア》は、映画マニアの天国。しかし、店の乗っ取り、仲間の裏切り、店長の失踪など、問題だらけ。〝映画より波瀾万丈〟な青春を描いた傑作!

●最新刊
一度死んでみた
澤本嘉光　鹿目けい子

未だ反抗期の女子大生・七瀬に、大嫌いな父親が急死したとの連絡が。実は彼の会社が開発した薬を飲み、仮死状態にあるのだが、火葬されそうになる。七瀬は父親を生き返らせることができるのか!?

●最新刊
石黒くんに春は来ない
武田綾乃

学校の女王に失恋した石黒くんが意識不明の重体で発見された。自殺未遂? でも学校は知らん顔。しかし半年後、グループライン「石黒くんを待つ会」に本人が現れ大混乱に。リアル青春ミステリ。

●最新刊
破天荒フェニックス
オンデーズ再生物語
田中修治

人生を大きく変えるため、倒産寸前のメガネチェーン店を買収した田中。再建に燃えるも銀行からは「死刑宣告」が……。実在する企業「OWNDAYS」の復活劇を描いたノンストップ実話ストーリー。

●最新刊
メデューサの首
微生物研究室特任教授　坂口信
内藤了

微生物学者の坂口はある日、研究室でゾンビ・ウイルスを発見。即時処分するが後日、ウイルスを手に入れたという犯行予告が届く。女刑事とともにその行方を追うが——衝撃のサスペンス開幕!

大人《おとな》になれない

まさきとしか

令和元年12月5日　初版発行

発行人――石原正康
編集人――高部真人
発行所――株式会社幻冬舎
〒151-0051東京都渋谷区千駄ヶ谷4-9-7
電話　03(5411)6222(営業)
　　　03(5411)6211(編集)
　　振替00120-8-767643
印刷・製本―株式会社 光邦
装丁者――高橋雅之

幻冬舎文庫

ISBN978-4-344-42926-0　C0193　　ま-33-4

幻冬舎ホームページアドレス　https://www.gentosha.co.jp/
この本に関するご意見・ご感想をメールでお寄せいただく場合は、
comment@gentosha.co.jpまで。